Océan mer

Alessandro Baricco

Océan mer

ROMAN

Traduit de l'italien
par Françoise Brun

Albin Michel

« *Les Grandes Traductions* »

Titre original :

OCEANO MARE
© RCS Rizzoli Libri S.p.A., Milan, 1993

Traduction française :

© Éditions Albin Michel S.A., 1998
22, rue Huyghens, 75014 Paris

ISBN : 2-226-09570-5
ISSN : 0755-1762

À Molli, mon amie très aimée

Livre premier

PENSION ALMAYER

1

Sable à perte de vue, entre les dernières collines et la mer – *la mer* – dans l'air froid d'un après-midi presque terminé, et béni par le vent qui souffle toujours du nord.

La plage. Et la mer.

Ce pourrait être la perfection – image pour un œil divin – monde qui est là et c'est tout, muette existence de terre et d'eau, œuvre exacte et achevée, vérité – *vérité* –, mais une fois encore c'est le salvateur petit grain de l'homme qui vient enrayer le mécanisme de ce paradis, une ineptie qui suffit à elle seule pour suspendre tout le grand appareil de vérité inexorable, un rien, mais planté là dans le sable, imperceptible accroc dans la surface de la sainte icône, minuscule exception posée sur la perfection de la plage illimitée. À le voir de loin, ce n'est guère qu'un point noir : au milieu du néant, le rien d'un homme et d'un chevalet de peintre.

Le chevalet est amarré par de minces cordes à quatre pierres posées dans le sable. Il oscille imperceptiblement dans le vent qui souffle toujours du nord. L'homme porte des cuissardes et une grande veste de pêcheur. Il est debout, face à la mer, tournant entre ses doigts un fin pinceau. Sur le chevalet, une toile.

Il est comme une sentinelle – c'est ce qu'*il faut* bien comprendre –, dressée là pour défendre cette portion du monde contre la silencieuse invasion de la perfection, fêlure infime qui désagrège la spectaculaire mise en scène de l'être. Parce qu'il en va toujours ainsi, la petite lueur d'un homme suffit pour blesser le repos de ce qui était à un doigt de devenir *vérité*, et redevient alors immédiatement attente et interrogation, par le simple et infini pouvoir de cet homme qui est fenêtre, lucarne, fente par où s'engouffrent à nouveau des torrents d'histoires, répertoire immense de ce qui *pourrait* être, déchirure sans fin, blessure merveilleuse, sentier foulé de milliers de pas où rien ne pourra plus être vrai mais où tout *sera* – comme *sont* précisément les pas de cette femme qui, enveloppée dans un manteau violet, la tête couverte, mesure lentement la plage, longeant le ressac de la mer, et raye de droite à gauche la perfection désormais enfuie du grand tableau, grignotant la distance qui la sépare de l'homme et de son chevalet jusqu'à n'être plus qu'à quelques pas de lui, puis juste à côté, là où s'arrêter n'est rien – et, sans dire mot, regarder.

L'homme ne se retourne même pas. Il continue à fixer la mer. Silence. De temps en temps, il trempe le pinceau dans une tasse de cuivre et trace sur la toile quelques traits légers. Les soies du pinceau laissent derrières elles l'ombre d'une ombre très pâle que le vent sèche aussitôt en ramenant la blancheur d'avant. De l'eau. Dans la tasse de cuivre, il n'y a que de l'eau. Et sur la toile, rien. Rien qui se puisse *voir*.

Souffle comme toujours le vent du nord, et la femme se serre dans son manteau violet.

– Plasson, voilà des jours et des jours que vous travaillez ici. Pourquoi donc emporter avec vous toutes ces couleurs si vous n'avez pas le courage de vous en servir ?

La question paraît le réveiller. Elle est parvenue jusqu'à lui. Il se tourne pour regarder le visage de la femme. Et quand il parle ce n'est pas pour répondre.

– Je vous en prie, ne bougez pas, dit-il.

Puis il approche le pinceau du visage de la femme, hésite un instant, le pose sur les lèvres et lentement le fait glisser d'un coin à l'autre de la bouche. Les soies se teignent de rouge carmin. Il les regarde, les trempe à peine dans l'eau, et relève les yeux vers la mer. Sur les lèvres de la femme reste l'ombre d'une saveur qui l'oblige à penser « de l'eau de mer, cet homme peint avec de l'eau de mer » – et c'est une pensée qui fait frissonner.

Depuis longtemps déjà elle s'est retournée, et elle mesure de nouveau la plage immense du rosaire mathématique de ses pas, quand le vent passe sur la toile sécher une bouffée de lumière rose, nue à voguer dans le blanc. On pourrait rester des heures à regarder cette mer, et ce ciel, et tout ce qui est là, mais on ne trouverait rien de cette couleur. Rien qui se puisse *voir*.

La marée, dans ces contrées, arrive avant que tombe l'obscurité. Juste avant. L'eau entoure l'homme et son chevalet, elle les prend, doucement mais avec précision, ils restent là, l'un et l'autre, impassibles, comme une île miniature, ou une épave à deux têtes.

Plasson, le peintre.

Chaque soir, une petite barque vient le chercher, peu avant le coucher du soleil, quand l'eau déjà lui arrive au cœur. C'est lui qui le veut ainsi. Il monte dans la petite barque, il y charge son chevalet et le reste, et se laisse ramener.

La sentinelle s'en va. Son devoir est accompli. Péril écarté. Dans le couchant s'éteint l'icône qui, une fois de plus, n'a pas réussi à devenir sacrée. Tout cela à cause de cet homme et de ses pinceaux. Et à présent qu'il est parti, il n'y a plus assez de temps. L'obscurité suspend tout. Il n'y a rien qui puisse, dans l'obscurité, devenir *vrai*.

... mais rarement, au point que certains, alors, en
la voyant, s'entendaient dire, à voix basse
– Elle en mourra
ou bien
– Elle en mourra
ou encore
– Elle en mourra
et même
– Elle en mourra.
Tout autour, des collines.
Ma terre, pensait le baron de Carewall.

Ce n'est pas vraiment une maladie, ça pourrait l'être
mais c'est quelque chose de moins, s'il y avait un
nom pour ça il serait très léger, le temps de le dire
et il a disparu.
– Quand elle était petite, un jour un mendiant arrive
et commence à chanter une complainte, la complainte fait peur à un merle qui s'envole...
– ... fait peur à une tourterelle qui s'envole et c'est
le battement de ses ailes...

– ... les ailes qui battent, un bruit de rien...

– ... c'était il y a peut-être une dizaine d'années...

– ... la tourterelle passe devant sa fenêtre, un instant, comme ça, et elle, elle lève les yeux de ses jeux et je ne sais pas, elle avait la terreur sur elle, mais une terreur blanche, je veux dire que ça n'était pas comme quelqu'un qui a peur, c'était comme quelqu'un qui s'apprêterait à disparaître...

– ... un battement d'ailes...

– ... quelqu'un dont l'âme s'échappe...

– ... tu me crois ?

On croyait qu'elle allait grandir et que ça lui passerait. Et en attendant, on déroulait des tapis dans tout le palais parce que ses propres pas, bien sûr, l'effrayaient, des tapis blancs, partout, une couleur qui ne fasse pas de mal, des pas sans bruit et des couleurs aveugles. Dans le parc, les sentiers étaient circulaires, à la seule et audacieuse exception de deux ou trois allées qui serpentaient en dessinant des boucles douces et régulières – psaumes – et c'est plus raisonnable, il suffit en effet d'un peu de sensibilité pour comprendre que tout angle mort est un guet-apens possible, et deux routes qui se croisent une violence géométrique et parfaite, capable d'effrayer quiconque serait sérieusement doté d'une vraie sensibilité, et à plus forte raison elle, qui à proprement parler *ne possédait pas* un tempérament sensible mais *était possédée,* pour employer un terme exact, par une sensibilité d'âme incontrôlable, explosée à tout jamais en un quelconque moment de sa vie secrète – une vie de rien, elle était si jeune – puis remontée au cœur par des voies invisibles et dans les yeux et dans les mains et partout, comme une maladie, mais ça n'était pas une maladie, c'était quelque chose de moins, s'il y avait un nom pour ça il serait très léger, le temps de le dire et il a disparu.

De là, dans le parc, des sentiers circulaires.

Sans oublier l'histoire d'Edel Trut, qui n'avait pas son rival dans tout le pays pour tisser la soie et fut appelé pour cette raison par le baron, un jour d'hiver, quand la neige était haute comme un enfant, un froid de l'autre monde, ce fut un enfer d'arriver là-haut, le cheval fumait, ses pattes au petit bonheur dans la neige, et le traîneau qui dérivait derrière, si je n'y suis pas dans dix minutes je vais mourir je crois, aussi vrai que je m'appelle Edel je vais mourir, et sans même savoir ce que diable le baron veut absolument me faire voir de si important...

– Que vois-tu, Edel ?

Dans la chambre de sa fille, le baron est debout devant un long mur, sans fenêtres, et parle avec douceur, une antique douceur.

– Que vois-tu ?

Tissu de Bourgogne, article de qualité, et des paysages comme tant d'autres, un travail bien fait.

– Ce ne sont pas des paysages quelconques, Edel. Ou en tout cas, ils ne le sont pas pour ma fille.

Sa fille.

C'est une espèce de mystère mais il faut essayer de comprendre, travailler avec l'imagination, oublier ce qu'on sait pour laisser la fantaisie vagabonder librement, et courir suffisamment loin à l'intérieur

17

des choses pour y voir que l'âme n'est pas toujours un diamant mais parfois un voile de soie – ça, je peux le comprendre – imagine-toi un voile de soie transparente, n'importe quoi pourrait le déchirer, même un regard, et puis pense à la main qui le prend – une main de femme – oui – elle avance lentement et elle le serre entre ses doigts, mais serrer c'est déjà trop, elle le prend par en dessous, comme si ce n'était pas une main mais un souffle de vent, et elle le tient entre ses doigts, comme si ce n'étaient pas des doigts mais... – comme si ce n'étaient pas des doigts mais des pensées. Voilà. Cette chambre est cette main, et ma fille est un voile de soie.

Oui, j'ai compris.

– Je ne veux pas de cascades, Edel, mais la paix d'un lac, je ne veux pas de chênes mais des bouleaux, et ces montagnes au fond doivent devenir des collines, et le jour un coucher de soleil, le vent une brise, les cités des villages, les châteaux des jardins. Et si vraiment il doit y avoir des faucons, qu'au moins ils volent, et loin.

Oui, j'ai compris. Il y a juste une chose : et les hommes ?

Le baron reste silencieux. Il observe tous les personnages de l'énorme tapisserie, l'un après l'autre, comme pour entendre leur avis. Il va d'un mur à l'autre, mais aucun d'eux ne parle. On pouvait s'y attendre.

– Edel, y a-t-il moyen de faire des hommes qui ne fassent pas de mal ?

18

Cette question-là, il a dû se la poser lui aussi, à un moment quelconque, Dieu.

– Je ne sais pas. Mais j'essaierai.

Dans la boutique d'Edel Trut, on travailla pendant des mois avec les kilomètres de fil de soie que le baron fit livrer. On travaillait en silence car, disait Edel, le silence devait pénétrer dans la trame du tissu. C'était un fil comme les autres sauf qu'on ne le voyait pas, mais il était là. On travailla donc en silence.

Des mois.

Puis, un jour, un chariot arriva au palais du baron, et sur ce chariot il y avait le chef-d'œuvre d'Edel. Trois énormes rouleaux de tissu lourds comme les croix pour la procession. On les monta par le grand escalier, puis à travers les couloirs et de porte en porte jusqu'au cœur du palais, dans la chambre qui les attendait. Et un instant avant qu'on les déroule, le baron murmura

– Et les hommes ?

Edel sourit.

– Si vraiment il doit y avoir des hommes, qu'au moins ils volent, et loin.

Le baron choisit la lumière du couchant pour prendre sa fille par la main et l'emmener dans sa nouvelle chambre. Edel dit qu'elle entra et rougit aussitôt, d'émerveillement, et le baron craignit un instant que la surprise ne soit trop forte, mais un instant seulement, car aussitôt régna le silence irrésistible de cet univers de soie où reposait une terre clémente et heureuse, et où de petits hommes, sus-

19

pendus dans l'air, mesuraient à pas lent le clair azur du ciel.

Edel dit – et il ne l'oubliera jamais – qu'elle regarda longuement autour d'elle puis, en se retournant – *se mit à sourire.*

Elle s'appelait Elisewin.

Elle avait une très belle voix – velours – et quand elle marchait tu aurais cru qu'elle glissait dans l'air, et tu ne pouvais plus t'empêcher de la regarder. De temps en temps, sans raison, elle aimait se mettre à courir, sur ces terribles tapis blancs, elle cessait un instant d'être l'ombre qu'elle était et elle courait, mais rarement, au point que certains, alors, en la voyant, s'entendaient dire, à voix basse…

3

La pension Almayer, tu pouvais y arriver à pied, en descendant par le sentier qui venait de la chapelle de Saint-Amand, mais aussi en voiture, par la route de Quartel, ou sur une barge, en descendant le fleuve. Le professeur Bartleboom y arriva par hasard.

– C'est ici la pension de la Paix ?
– Non.
– La pension de Saint-Amand ?
– Non.
– L'hôtel de la Poste ?
– Non.
– Le Hareng Royal ?
– Non.
– Bien. Il y a une chambre ?
– Oui.
– Je la prends.

Le grand livre avec les signatures des pensionnaires attendait ouvert sur un pupitre de bois. Un lit de papier fraîchement refait, qui attendait les rêves d'autres noms. La plume du professeur se glissa voluptueusement entre les draps.

Ismaël Adelante Ismaël prof. Bartleboom

Avec fioritures et tout. Quelque chose de bien fait.

– Le premier Ismaël est mon père, le second mon grand-père.

– Et celui-là ?

– Adelante ?

– Non, non, celui-là, oui… là.

– Prof. ?

– Hmm.

– Professeur, voyons. Ça veut dire *professeur.*

– C'est bête comme nom.

– Ce n'est pas un nom… *Je suis* professeur, j'enseigne, vous comprenez ? Je sors dans la rue et les gens me disent Bonjour professeur Bartleboom, Bonsoir professeur Bartleboom, mais ce n'est pas un nom, c'est ce que je fais, j'enseigne…

– Pas un nom.

– Non.

– Bon. Moi je m'appelle Dira.

– Dira.

– Oui. Je sors dans la rue et les gens me disent Bonjour Dira, Bonne nuit Dira, tu es jolie aujourd'hui Dira, quelle belle robe tu as Dira, Tu n'aurais pas vu Bartleboom par hasard, non, il est dans sa chambre, premier étage, la dernière au fond du couloir, voilà les serviettes de toilette, tenez, on voit la mer, j'espère que ça ne vous ennuie pas.

Le professeur Bartleboom – dorénavant Bartleboom, simplement – prit les serviettes de toilette.

– Mademoiselle Dira…

22

– Oui ?
– Puis-je me permettre une question ?
– C'est-à-dire ?
– Quel âge avez-vous ?
– Dix ans.
– Ah c'est ça.
Bartleboom – depuis peu ex-professeur Bartle-
boom – prit ses valises et se dirigea vers les escaliers.
– Bartleboom...
– Oui ?
– On ne demande pas leur âge aux demoiselles.
– C'est vrai, veuillez m'excuser.
– Premier étage. La dernière au fond du couloir.

Dans la chambre au fond du couloir (premier étage)
il y avait un lit, une armoire, deux chaises, un poêle,
une petite écritoire, un tapis (bleu), deux tableaux
identiques, un lavabo avec miroir, un coffre et un
petit garçon : assis sur le rebord de la fenêtre
(ouverte), tournant le dos à la chambre et les jambes
pendant dans le vide.
   Bartleboom se produisit dans un toussotement
mesuré, comme ça, pour faire un bruit.
Rien.
Il entra dans la chambre, posa ses valises, s'approcha pour regarder les tableaux (les deux mêmes,
incroyable), s'assit sur le lit, ôta ses chaussures avec
un soulagement évident, se releva, alla se regarder
dans le miroir, constata que c'était toujours lui
(on ne sait jamais), jeta un coup d'œil dans
l'armoire, y accrocha son manteau puis s'approcha
de la fenêtre.

23

– Tu fais partie du mobilier ou tu es là par hasard ?
Le petit garçon ne bougea pas d'un millimètre. Mais
répondit.
– Mobilier.
– Ah.
Bartleboom revint vers le lit, défit sa cravate et
s'étendit. Taches d'humidité, au plafond, comme
des fleurs tropicales dessinées en noir et blanc. Il
ferma les yeux et s'endormit. Il rêva qu'on lui
demandait de remplacer la femme-canon au Cirque
Bosendorf et qu'arrivé sur la piste il reconnaissait
au premier rang sa tante Adélaïde, femme exquise
mais de mœurs douteuses, qui embrassait d'abord
un pirate puis une femme identique à elle et enfin
la statue en bois d'un saint qui d'ailleurs n'était pas
une statue puisqu'elle se mit tout à coup à marcher
et à venir droit sur lui Bartleboom, en criant quelque chose de pas très compréhensible mais qui souleva pourtant l'indignation du public tout entier, au
point de l'obliger, lui Bartleboom, à se sauver en
prenant ses jambes à son cou et en renonçant même
à la sacro-sainte compensation négociée avec le
directeur du cirque, cent vingt-huit sous pour être
exact. Il se réveilla et le petit garçon était encore là.
Mais il était tourné de l'autre côté et le regardait.
Et, même, il était en train de lui parler.
– Vous y êtes déjà allé, vous, au Cirque Bosendorf ?
– Pardon ?
– Je vous ai demandé si vous y étiez déjà allé, au
Cirque Bosendorf.
Bartleboom se redressa et s'assit dans son lit.

24

– Et qu'est-ce que tu en sais, toi, du Cirque Bosendorf ?

– Rien. C'est juste que je l'ai vu. Il est passé par ici l'an dernier. Il y avait les bêtes et tout. Il y avait aussi la femme-canon.

Bartleboom s'interrogea sur l'opportunité de demander des nouvelles de la tante Adélaïde. Il est vrai qu'elle était morte depuis des années, mais ce petit garçon avait l'air bien informé.

Finalement, il préféra se contenter de descendre du lit et de s'approcher de la fenêtre.

– Tu permets ? J'aurais besoin d'un peu d'air.

Le petit garçon se poussa un peu plus loin sur le rebord de la fenêtre. Air froid et vent du nord. Devant, jusqu'à l'infini, la mer.

– Qu'est-ce que tu fais assis là tout le temps ?

– Je regarde.

– Il n'y a pas grand-chose à regarder…

– Vous plaisantez ?

– Ben, il y a la mer, d'accord, mais la mer c'est la mer, c'est toujours pareil, la mer jusqu'à l'horizon, à la rigueur il passera un bateau mais ce sera bien le bout du monde.

Le petit garçon se tourna vers la mer, se retourna vers Bartleboom, se tourna encore vers la mer, se retourna encore vers Bartleboom.

– Combien de temps vous allez rester ? demanda-t-il.

– Je ne sais pas. Quelques jours.

Le petit garçon descendit de la fenêtre, alla vers la porte, s'arrêta sur le seuil, demeura quelques instants à examiner Bartleboom.

— Vous êtes sympathique. Peut-être que quand vous partirez vous serez un peu moins stupide.

Une curiosité grandissait, chez Bartleboom, de savoir qui les avait élevés, ces enfants. Un phénomène, à l'évidence.

Soir. Pension Almayer. Chambre au premier étage, au fond du couloir. Écritoire, lampe à pétrole, silence. Une robe de chambre grise avec, dedans, Bartleboom. Deux pantoufles grises avec, dedans, ses pieds. Feuille blanche sur l'écritoire, plume et encrier. Il écrit, Bartleboom. Il écrit.

Mon adorée,

je suis arrivé au bord de la mer. Je vous passe les fatigues et les misères du voyage : l'essentiel est que je suis ici, maintenant. La pension est accueillante : simple, mais accueillante. Elle est située sur le faîte d'une petite colline, juste devant la plage. Le soir la marée monte et l'eau arrive presque sous ma fenêtre. C'est comme d'être sur un bateau. Cela vous plairait.

Personnellement, je ne suis jamais monté sur un bateau.

Demain je commencerai mes recherches. L'endroit me paraît idéal. Je ne me cache pas la difficulté de l'entreprise, mais vous savez – vous seule, au monde – combien je suis déterminé à mener à bien l'œuvre que j'ai eu l'ambition de concevoir et d'entreprendre en ce grand jour d'il y a dix ans. Ce sera un réconfort pour moi de vous imaginer en bonne santé et le cœur gai.

Le fait est que je n'y avais jamais pensé aupara-

vant : je ne suis réellement jamais monté sur un
bateau.

Dans la solitude de cet endroit écarté du monde,
la certitude m'accompagne que vous ne voudrez pas,
malgré l'éloignement, perdre le souvenir de celui qui
vous aime et restera à jamais votre

Ismaël A. Ismaël Bartleboom

Il pose son porte-plume, plie la feuille, la glisse dans une enveloppe. Se lève, prend dans sa malle une boîte en acajou, lève le couvercle, laisse tomber la lettre à l'intérieur, ouverte et sans adresse. Dans la boîte, il y a des centaines de lettres pareilles. Ouvertes et sans adresse.

Il a trente-huit ans, Bartleboom. Il pense que quelque part dans le monde il rencontrera un jour une femme qui est, depuis toujours, *sa* femme. Parfois il se désole que le destin s'obstine à le faire attendre avec autant de ténacité et d'absence de délicatesse mais, le temps passant, il a appris à considérer la chose avec une grande sérénité. Chaque jour ou presque, depuis des années maintenant, il prend la plume et il lui écrit. Il n'a pas de nom ni d'adresse à mettre sur ces enveloppes : mais il a une vie à raconter. Et à qui, si ce n'est à elle ? Il pense que, lorsqu'ils se rencontreront, ce sera beau de poser sur ses genoux une boîte en acajou pleine de lettres et de lui dire

– Je t'attendais.

Elle ouvrira la boîte et, lentement, quand elle le voudra, elle lira les lettres l'une après l'autre et, remontant des kilomètres de fil d'encre bleue, elle

prendra alors les années – les jours, les instants –
dont cet homme, avant même de la connaître, lui
avait fait cadeau. Ou peut-être, plus simplement,
elle retournera la boîte et, ébahie devant cette drôle
de neige de lettres, elle sourira en disant à cet
homme
– Tu es fou.
Et pour toujours elle l'aimera.

4

– Père Pluche...
– Oui, Baron.
– Ma fille va avoir quinze ans demain.
– ...
– Cela fait huit ans que je l'ai confiée à vos soins.
– ...
– Vous ne l'avez pas guérie.
– Non.
– Elle devra prendre mari.
– ...
– Elle devra sortir de ce château et voir le monde.
– ...
– Elle devra avoir des enfants et...
– ...
– Bref, elle devra bien commencer à vivre, un jour
ou l'autre.
– ...
– ...
– ...
– Père Pluche, ma fille doit guérir.
– Oui.

— Trouvez quelqu'un qui sache la guérir. Et amenez-le-moi ici.

Le plus célèbre docteur du pays s'appelait Atterdel. Beaucoup l'avaient vu ressusciter les morts, des gens déjà bien plus de l'autre côté que de celui-ci, partis bel et bien, fichus, vraiment, et lui il les avait repêchés et rendus à la vie, ce qui pouvait aussi être légèrement embarrassant, voire inopportun, mais il faut comprendre que c'était son métier, et personne ne le faisait aussi bien que lui, et donc les gens ressuscitaient, n'en déplaise aux parents et amis contraints à revenir au point de départ et à renvoyer larmes et héritage à de meilleurs moments, la prochaine fois ils réfléchiront à deux fois et appelleront peut-être un docteur normal, de ceux qui vous les assomment et on n'en parle plus, pas comme celui-ci qui vous les remet sur pied sous prétexte qu'il est le plus célèbre du pays. Et le plus cher, d'ailleurs.

Le père Pluche, donc, pensa au docteur Atterdel. Ce n'était pas qu'il crût beaucoup aux médecins, non, mais pour tout ce qui concernait Elisewin il s'était obligé à penser avec la tête du baron, pas avec la sienne. Et la tête du baron pensait que là où Dieu faillissait, la science pouvait quelque chose. Dieu avait failli. Maintenant, c'était à Atterdel d'essayer.

Il arriva au château dans un cab noir et brillant, ce qui s'avéra quelque peu sinistre mais très scénographique. Il monta rapidement le grand escalier et, arrivé devant le père Pluche, sans le regarder ou presque, demanda

– Vous êtes le baron ?

– Hélas.

Ça, c'était typique du père Pluche. Il ne pouvait pas s'en empêcher. Il ne disait jamais ce qu'il aurait fallu dire. C'était toujours autre chose qui lui venait à l'esprit, avant. Un tout petit instant avant. Mais qui suffisait largement.

– Alors vous êtes le père Pluche.

– C'est ça.

– C'est vous qui m'avez écrit.

– Oui.

– Eh bien, vous avez une drôle de manière d'écrire.

– C'est-à-dire ?

– Il n'était pas indispensable de m'écrire tout ça en vers. Je serais venu de toute façon.

– En êtes-vous sûr ?

Un exemple : la chose à dire ici, ç'aurait été

– Excusez-moi, c'était un jeu stupide

et en effet la phrase arriva parfaitement formée dans la tête du père Pluche, bien proprement alignée, mais avec un petit instant de retard, juste ce qu'il fallait pour qu'elle se laisse glisser sous les pattes une bouffée stupide de mots qui, aussitôt frôlée la surface du silence, se cristallisa dans l'éclat incontestable d'une question tout à fait déplacée.

– En êtes-vous sûr ?

Atterdel leva les yeux sur le père Pluche. C'était un peu plus qu'un regard. C'était une visite médicale.

– J'en suis sûr.

C'est l'avantage avec les hommes de science : ils en sont sûrs.

– Où se trouve cette enfant ?

« Oui… Elisewin… C'est mon nom. Elisewin. »

« Oui, docteur. »

« Non, je vous jure, je n'ai pas peur. Je parle toujours comme ça. C'est ma voix. Le père Pluche dit que… »

« Merci, monsieur. »

« Je ne sais pas. Des choses très bizarres. Mais ce n'est pas de la peur, pas exactement de la *peur*… c'est un peu différent… la peur ça vient du dehors, je le sais, tu es là et la peur vient *sur toi,* il y a toi et il y a elle… voilà… il y a elle et puis il y a moi, mais ce qui m'arrive, c'est que tout à coup, *moi, je n'y suis plus,* et il n'y a plus qu'elle… pourtant ce n'est pas de la peur… je ne sais pas ce que c'est, vous le savez, vous ? »

« Oui, monsieur. »

« Oui, monsieur. »

« C'est un peu comme se sentir mourir. Ou disparaître. Voilà : *disparaître.* On a l'impression que les yeux quittent le visage, et les mains deviennent comme les mains de quelqu'un d'autre, on se dit mais qu'est-ce qui m'arrive ? et pendant ce temps le cœur à l'intérieur cogne à en mourir, il ne veut pas vous laisser tranquille… et partout c'est comme si des morceaux de vous-même s'en allaient, on ne les sent plus… en fait c'est vous-même qui êtes en train de vous en aller, et dans ces cas-là je me dis tu dois penser à quelque chose, tu dois t'accrocher

32

à une pensée, si tu arrives à te faire toute petite à l'intérieur de cette pensée ça va s'arrêter, il faut juste résister, mais en fait... et c'est ça qui est horrible... en fait *il n'y a plus de pensées,* nulle part à l'intérieur de moi, il n'y a plus une seule pensée mais uniquement des *sensations,* vous comprenez ? des sensations... et la plus forte c'est une fièvre infernale, une insupportable odeur de renfermé, un goût de mort, là dans la gorge, une fièvre et une morsure aussi, quelque chose qui mord, un démon qui vous mord et vous déchire, une... »

« Excusez-moi, monsieur. »

« Oui, il y a des fois où c'est beaucoup plus... plus simple, je veux dire, je me sens disparaître oui, mais en douceur, très très lentement... c'est l'émotion, le père Pluche dit que c'est l'*émotion,* il dit que je n'ai rien pour me défendre contre l'émotion et que c'est comme si les choses entraient directement dans mes yeux et mes... »

« Dans mes yeux, oui. »

« Non, je ne m'en souviens pas. Je sais que je ne vais pas bien, mais... Parfois il y a des choses qui ne me font pas peur, je veux dire, ce n'est pas toujours comme ça, l'autre nuit il y avait un orage terrible, des éclairs, du vent... mais j'étais bien, vraiment, je n'étais pas effrayée ni rien... Puis tout à coup il suffit d'une couleur, mettons, ou de la forme d'un objet, ou... ou du visage d'un homme qui passe, oui, les visages... les visages peuvent être terribles, n'est-ce pas ? il y a des visages, quelquefois, tellement *vrais,* j'ai l'impression qu'ils me sautent dessus, des visages qui *hurlent,* vous voyez

33

ce que je veux dire ? ils vous hurlent après, c'est horrible, il n'y a pas moyen de se défendre, il n'y a pas... pas moyen... »

« L'*amour* ? »

« Le père Pluche me lit des livres, quelquefois. Les livres, eux, ils ne me font pas de mal. Mon père n'aimerait pas mais... c'est-à-dire qu'il y a des histoires qui sont aussi... *émouvantes,* vous comprenez ? avec des gens qui tuent, qui meurent... mais quand ça vient d'un livre, je peux entendre n'importe quoi, c'est bizarre ça, j'arrive même à *pleurer* et c'est agréable, il n'y a pas cette odeur de mort qui traîne, *je pleure,* c'est tout, et le père Pluche continue à lire et c'est très beau, mais il ne faut pas que mon père le sache, il ne le sait pas, il vaut peut-être mieux que... »

« Bien sûr que je l'aime, mon père. Pourquoi ? »

« Les tapis blancs ? »

« Je ne sais pas. »

« Mon père un jour je l'ai vu dormir. Je suis entrée dans sa chambre et je l'ai vu. Mon père. Il dormait tout recroquevillé, comme les enfants, sur le côté, avec les jambes repliées, et les poings serrés... je n'oublierai jamais... mon père, le baron de Carewall. Il dormait comme dorment les enfants. Vous comprenez ça, vous ? Comment faire pour ne pas avoir peur quand déjà... comment faire, si même... »

« Je ne sais pas. Personne ne vient jamais... »

« À certains moments. Je m'en aperçois, oui. Ils parlent doucement, quand ils sont avec moi, et on dirait qu'ils font des gestes aussi plus... plus *lents,*

34

comme s'ils avaient peur de casser quelque chose. Mais je ne sais pas si… »

« Non, ce n'est pas difficile… c'est *différent,* je ne sais pas, c'est comme d'être… »

« Le père Pluche dit qu'en fait je devais être un papillon de nuit mais il y a eu une erreur et je suis arrivée ici, mais ce n'est pas exactement ici que je devais me poser, et c'est pour ça que maintenant tout est un peu difficile, c'est normal que tout me fasse mal, je dois avoir beaucoup de patience et attendre, c'est assez compliqué, forcément, de transformer un papillon en femme… »

« D'accord, monsieur. »

« Mais c'est une sorte de jeu, ça n'est pas tout à fait *vrai,* et pas tout à fait *faux* non plus, si vous connaissiez le père Pluche… »

« Bien sûr, monsieur. »

« Une maladie ? »

« Oui. »

« Non, je n'ai pas peur. *Ça,* ce n'est pas une chose dont j'ai peur, non, vraiment. »

« Je le ferai. »

« Oui. »

« Oui. »

« Alors adieu. »

« .... »

« Monsieur… »

« Monsieur, excusez-moi… »

« Monsieur, je voulais vous dire, je sais que je ne vais pas bien, et quelquefois je n'arrive même pas à sortir d'ici, et même juste courir, pour moi c'est une chose trop… »

« Je voulais dire que la vie, je la veux, je ferai n'importe quoi pour l'avoir, toute la vie possible, même si je deviens folle, peu importe, je deviendrai folle tant pis mais la vie je ne veux pas la rater, je la veux, vraiment, même si ça devait faire mal à en mourir c'est vivre que je veux. J'y arriverai, n'est-ce pas ? »

« N'est-ce pas que j'y arriverai ? »

Car la science est bizarre, un animal bizarre, qui va se nicher dans les endroits les plus absurdes et travaille selon des plans minutieux qui, vus de l'extérieur, paraissent forcément impénétrables, et même parfois *comiques,* tellement ils ressemblent à un vagabondage oiseux, alors que ce qu'ils tracent c'est une géométrie de sentiers de chasse, de pièges disséminés avec art, et de batailles stratégiques devant lesquelles il peut arriver qu'on reste ébahi, un peu comme le fut le baron de Carewall quand, pour finir, ce docteur vêtu de noir lui parla, en le regardant dans les yeux, avec une froide assurance mais aussi, on aurait dit, comme un soupçon de *tendresse,* idée complètement absurde quand on connaît les hommes de science et en particulier le docteur Atterdel mais pas totalement incompréhensible pour quelqu'un qui aurait pu entrer dans la tête dudit docteur Atterdel, et plus précisément dans ses yeux, où l'image de cet homme grand et fort – le baron de Carewall en personne, malgré tout – ne cessait de se basculer en celle d'un homme recroquevillé dans son lit, y dormant comme un *enfant,* le grand et puissant baron et le petit enfant,

l'un à l'intérieur de l'autre, à ne plus les distinguer, à finir par en être ému, même quand on est un véritable homme de science comme l'était, incontestablement, le docteur Atterdel en cet instant même où, avec une assurance froide mais pourtant aussi un soupçon de tendresse, il regarda dans les yeux le baron de Carewall et lui dit Je peux sauver votre fille – il peut sauver ma fille – mais ce ne sera pas simple et, en un certain sens, ce sera terriblement risqué – risqué ? – c'est encore expérimental, nous ne savons pas vraiment quel effet cela peut produire, nous pensons que cela peut avoir son utilité dans des cas comme celui-ci, la chose a été fréquemment constatée mais personne ne peut vraiment dire... – et le voilà, le piège géométrique de la science, les voilà les impénétrables sentiers de chasse, la partie que cet homme vêtu de noir s'apprête à jouer contre la maladie rampante et insaisissable d'une petite fille trop fragile pour vivre et trop vivante pour mourir, maladie imaginaire mais qui a quand même son ennemi, et cet ennemi est monstrueux, une médication risquée mais fulgurante, absolument insensée, quand on y pense, au point que l'homme de science lui-même baisse la voix, à l'instant où, sous le regard immobile du baron il prononce son nom, juste un mot, un seul, mais qui sauvera sa fille, ou alors la tuera, mais plus vraisemblablement la sauvera, un seul mot, mais infini, à sa manière, et magique, aussi, d'une intolérable simplicité.
– La *mer ?*
Toujours immobile, le regard du baron de Carewall.

Jusqu'aux contrées où ses terres finissent, il n'y a pas en cet instant de stupeur plus cristalline que celle qui vacille, posée sur la pointe de son cœur.

— Vous sauverez ma fille avec la *mer* ?

5

Seul, au milieu de la plage, Bartleboom regardait. Pieds nus, le pantalon roulé pour ne pas le mouiller, un grand cahier sous le bras et un chapeau de laine sur la tête. Légèrement penché en avant, il regardait : le sol. Il examinait l'endroit exact où la vague, brisée dix mètres plus tôt, s'étirait – devenue lac, et miroir, et flaque d'huile –, remontant la douce inclinaison de la plage pour finalement s'arrêter – sa frange ourlée d'un perlage délicat –, et hésiter un instant avant d'esquisser, vaincue, une élégante retraite, et se laisser glisser en arrière, sur le chemin d'un retour en apparence facile, mais en réalité proie idéale pour l'avidité spongieuse d'un sable qui, jusque-là pacifique, se réveillait soudain et – cette brève course de l'eau en déroute – l'évaporait dans le néant.

Bartleboom regardait.

Dans le cercle imparfait de son univers visuel, la perfection de ce mouvement oscillatoire formait des promesses que l'unicité singulière de chacune de ces vagues condamnait à n'être pas tenues. Il était impossible d'arrêter cette continuelle alternance de création et de destruction. Ses yeux cherchaient la vérité, descriptible et mesurable, d'une image complète et sûre : et ils se retrouvaient en fait courir derrière l'incertitude mouvante de ce va-et-vient qui berçait et bafouait tout regard scientifique.

C'était agaçant. Il fallait agir, d'une manière ou d'une autre. Bartleboom stoppa ses yeux. Il les dirigea juste devant ses pieds, encadrant une portion de plage muette et immobile. Et il décida d'attendre. Il fallait qu'il cesse de courir après cet épuisant balancier. Si Mahomet ne va pas à la montagne, et cetera, et cetera, se dit-il. Tôt ou tard viendrait – dans le cadre délimité par ce regard qu'il trouvait mémorable de froideur scientifique – s'inscrire le profil exact, ourlé d'écume, de la vague qu'il attendait. Et là, il se fixerait, comme une empreinte, dans son cerveau. Et lui, il *comprendrait*. Tel était le plan. Avec une abnégation totale, Bartleboom se cala dans une immobilité dépourvue d'affects, se transmuant, si l'on peut dire, en instrument d'optique neutre et infaillible. Il respirait à peine. Dans le cercle fixe découpé par son regard, un silence irréel tomba, un silence de laboratoire. Bartleboom était semblable à un piège, imperturbable et patient. Il attendait sa proie. Et la proie, lentement, arriva. Deux chaussures de femme. Grandes, mais de femme.

– Vous devez être Bartleboom.

Bartleboom, à dire vrai, attendait une vague. Ou quelque chose de ce genre. Il leva les yeux et vit une femme, enveloppée dans un élégant manteau violet.

– Bartleboom, oui… professeur Ismaël Bartleboom.

– Vous avez perdu quelque chose ?

Bartleboom se rendit compte qu'il était resté penché en avant, toujours figé dans le scientifique profil de l'instrument d'optique en quoi il s'était transmué. Il se redressa avec tout le naturel dont il fut capable. C'est-à-dire bien peu.

– Non. Je suis en train de travailler.

– Travailler ?

– Oui, je fais… je fais des recherches, voyez-vous, des recherches…

– Ah.

– Des recherches scientifiques, je veux dire…

– Scientifiques.

– Oui.

Silence. La femme se serra dans son manteau violet.

– Coquillages, lichens, ce genre de choses ?

– Non, vagues.

Texto : *vagues.*

– C'est-à-dire… vous voyez, là, l'endroit où l'eau arrive… elle monte le long de la plage puis elle s'arrête… voilà, cet endroit-là, exactement, celui où elle s'arrête… ça ne dure qu'un instant, regardez, voilà, ici par exemple… vous voyez, ça ne dure qu'un instant puis ça disparaît, mais si on pouvait fixer cet instant… l'instant où l'eau s'arrête, à cet endroit-là exactement, cette courbe… c'est ça que j'étudie. L'endroit où l'eau s'arrête.

– Et qu'y a-t-il à étudier ?

– Eh bien, c'est un endroit important… on n'y fait

41

pas toujours attention, mais si vous réfléchissez bien, il se passe là quelque chose d'extraordinaire, de... d'extraordinaire.

– Vraiment ?

Bartleboom s'inclina un peu vers la femme. On aurait dit qu'il voulait lui dire un secret quand il dit

– C'est là que finit la mer.

La mer immense, l'océan mer, qui court à l'infini plus loin que tous les regards, la mer énorme et toute-puissante – il y a un endroit, il y a un instant, où elle finit – la mer immense, un tout petit endroit, et un ins-tant de rien. C'était ça, que Bartleboom voulait dire. La femme laissa courir son regard sur l'eau qui nonchalamment glissait, en avant puis en arrière, sur le sable. Quand elle releva les yeux sur Bartle-boom, c'étaient des yeux qui riaient.

– Je m'appelle Ann Devéria.

– Très honoré.

– Je suis moi aussi à la pension Almayer.

– Voilà une excellente nouvelle.

Soufflait, comme toujours, le vent du nord. Les deux chaussures de femme traversèrent ce qui avait été le laboratoire de Bartleboom et s'éloignèrent de quelques pas. Puis elles s'arrêtèrent. La femme se retourna.

– Vous prendrez bien le thé avec moi, n'est-ce pas, cet après-midi ?

Certaines choses, Bartleboom ne les avait vues qu'au théâtre. Et au théâtre les gens répondaient toujours :

– Ce sera avec plaisir.

– Une encyclopédie des limites ?

– Oui… le titre dans sa totalité serait *Encyclopédie des limites observables dans la nature, avec un supplément consacré aux limites des facultés humaines.*

– Et vous êtes en train de l'écrire…

– Oui.

– Tout seul.

– Oui.

– Du lait ?

Il le prenait toujours avec du citron, Bartleboom, son thé.

– Oui merci… du lait.

Un nuage.

Sucre.

Petite cuillère.

Cuillère tournant dans la tasse.

Cuillère qui s'arrête.

Cuillère sur la soucoupe.

Ann Devéria, assise en face, l'écoutant.

– La nature a une perfection à elle, surprenante, et qui résulte d'une addition de limites. La nature est parfaite parce qu'elle n'est pas infinie. Si on comprend les limites, on comprend comment le mécanisme fonctionne. Le tout est de comprendre les limites. Prenez les fleuves, par exemple. Un fleuve peut être long, très long, mais il ne peut pas être infini. Pour que le système fonctionne, ce fleuve doit finir. Et moi, j'étudie de quelle longueur il peut être avant de finir. Huit cent soixante-quatre kilomètres. C'est un des articles que j'ai déjà rédigés : *Fleuves.* Cela m'a pris un certain temps, comme vous devez le comprendre.

43

Ann Devéria comprenait.

— Pour mieux dire : la feuille d'un arbre, si vous la regardez attentivement, est un univers très complexe : mais il est fini. La feuille la plus grande, c'est en Chine qu'on la trouve : large d'un mètre vingt-deux, longue à peu près du double. Énorme, mais pas infinie. Et il y a une logique précise, dans tout ceci : une feuille plus grande ne pourrait pousser que sur un arbre immense, or l'arbre le plus grand, qui pousse en Amérique, ne dépasse pas les quatre-vingt-six mètres, une hauteur considérable, certes, mais totalement insuffisante pour supporter un nombre, fût-il limité, parce que de toute façon il le serait, limité, de feuilles plus grandes que celles qu'on trouve en Chine. La voyez-vous, la logique ?

Ann Devéria la voyait.

— Ce sont des études laborieuses, et difficiles aussi, on ne peut pas le nier, mais c'est important de comprendre. De décrire. Le dernier article que j'aie rédigé, c'est *Couchers de soleil*. Vous savez, c'est génial cette idée que les jours *finissent*. C'est un système génial. Les jours et aussi les nuits. Cela paraît évident mais il y a du génie là-dedans. Et là où la nature décide de placer ses propres limites, le spectacle explose. Les couchers de soleil. Je les ai étudiés pendant des semaines. Ce n'est pas facile de *comprendre* un coucher de soleil. Il a ses temps, ses dimensions, ses couleurs. Et comme il n'y a pas un seul coucher de soleil, pas un, qui soit identique à un autre, alors le savant doit savoir discerner les détails et en extraire l'essence, afin de pouvoir dire

44

ceci est un coucher de soleil, *le* coucher de soleil. Je vous ennuie ?

Ann Devéria ne s'ennuyait pas. Enfin : pas plus que d'habitude.

– C'est ainsi que je suis arrivé à la mer. La mer. Elle finit, elle aussi, comme tout le reste, mais voyez-vous, là encore, c'est un peu comme pour les couchers de soleil, il est difficile d'en extraire l'idée, je veux dire, de résumer des kilomètres et des kilomètres de rochers, de rivages, de plages, en une seule image, en un concept qui serait *la fin de la mer,* quelque chose qui puisse s'écrire en quelques lignes et prendre place dans une encyclopédie, de telle façon que les gens ensuite, en le lisant, comprennent que la mer est finie, et que donc, indépendamment de tout ce qui peut se passer autour, indépendamment de...

– Bartleboom...

– Oui ?

– Demandez-moi pourquoi je suis ici. Moi.

Silence. Embarras.

– Je ne vous l'ai pas demandé, n'est-ce pas ?

– Demandez-le-moi, maintenant.

– Pourquoi êtes-vous ici, madame Devéria ?

– Pour guérir.

Autre embarras, autre silence. Bartleboom prend la tasse, la porte à ses lèvres. Vide. Bien. Il la repose.

– Guérir de quoi ?

– C'est une maladie étrange. Adultère.

– Pardon ?

– Adultère, Bartleboom. J'ai trompé mon mari. Et

45

mon mari pense que le climat de la mer assoupit les passions, et que la vue de la mer stimule le sens moral, et que la solitude de la mer m'amènera à oublier mon amant.

– Vraiment ?

– Vraiment quoi ?

– Vraiment vous avez trompé votre mari ?

– Oui.

– Encore un peu de thé ?

Posée sur la corniche ultime du monde, à un pas de la fin de la mer, la pension Almayer laissait, ce soir-là encore, l'obscurité réduire peu à peu au silence les couleurs de ses murs : et celles de la terre tout entière et de l'océan tout entier. Elle semblait – posée là, solitaire – avoir été oubliée. Comme si une procession de pensions, de tous genres et de tous âges, était passée un jour par là, longeant la mer, et qu'une d'entre elles se fût détachée du groupe, fatiguée, et, se laissant dépasser par ses compagnes de voyage, eût décidé de s'arrêter sur cette ébauche de colline, cédant à sa propre faiblesse, penchant la tête et attendant la fin. Telle était la pension Almayer. Elle avait cette beauté que seuls peuvent avoir les vaincus. Et la limpidité de ce qui est faible. Et la solitude, parfaite, de ce qui s'est perdu.

Plasson, le peintre, était rentré depuis peu, trempé, avec ses toiles et ses tubes de couleurs, assis à la proue de la petite barque poussée, à coups de rames, par un petit garçon aux cheveux rouges.

– Merci, Dol. À demain.

– Bonne nuit, monsieur Plasson.

Qu'il ne soit pas encore mort de pneumonie, Plasson, c'était un mystère. Tu ne restes pas des heures et des heures dans le vent du nord, avec les pieds dans l'eau et la marée qui monte dans ton pantalon, sans finir par, tôt ou tard, mourir.

– Il doit d'abord terminer son tableau, avait décrété Dira.

– Il ne le finira jamais, disait madame Devéria.

– Alors il ne mourra jamais.

Dans la chambre numéro 3, au premier étage, une lampe à pétrole éclairait avec douceur – mais en ébruitant son secret, tout autour, dans le soir – la belle dévotion du professeur Bartleboom.

Mon adorée,

Dieu sait combien me manque, en cette heure mélancolique, le réconfort de votre présence et la consolation de vos sourires. Le travail me fatigue et la mer se rebelle à mes tentatives obstinées pour la comprendre. Je n'avais pas pensé qu'il pût être si difficile d'être là face à elle. Et je traîne, avec mes instruments et mes cahiers, sans trouver le début de ce que je cherche, le premier pas vers une quelconque réponse. Où commence la fin de la mer ? Ou bien : que disons-nous lorsque nous disons : mer ? Disons-nous le monstre immense capable de dévorer toute chose, ou cette vague qui mousse à nos pieds ? L'eau qui peut tenir dans le creux de la main ou les abysses que nul ne peut voir ? Disons-nous tout en un seul mot, ou masquons-nous tout sous un seul mot ? Je

*suis là, à quelques pas de la mer, et je n'arrive pas à
comprendre où elle est, elle. La mer. La mer.*

*Aujourd'hui j'ai fait la connaissance d'une femme
très belle. Mais ne soyez pas jalouse. Je ne vis que
pour Vous.*

Ismaël A. Ismaël Bartleboom

Il écrivait avec une facilité tranquille, Bartleboom,
sans jamais s'arrêter et avec une lenteur que rien
n'aurait pu troubler. Il aimait à penser que, de la
même façon, un jour, elle le caresserait.

Dans la pénombre, du bout de ses longs doigts fins
qui avaient rendu fou plus d'un homme, Ann Devéria effleurait les perles de son collier – rosaire du
désir – dans ce geste inconscient par lequel elle avait
coutume d'entretenir sa tristesse. Elle regardait ago-
niser la petite flamme de la lampe, observant de
temps en temps, dans le miroir, son visage redessiné
par les affres de ces petites lueurs désespérées. Elle
s'aida de ces dernières bouffées de lumière pour
s'approcher du lit, où, sous les couvertures, une
petite fille dormait, ignorante de tous les ailleurs, et
très jolie. Ann Devéria la regarda – mais d'un regard
pour lequel le mot *regarder* est déjà trop fort –
regard merveilleux qui voit sans se poser de questions, qui voit, c'est tout – un peu comme deux
choses qui se touchent – les yeux, et l'image – un
regard qui ne *prend* pas mais qui *reçoit,* dans le
silence le plus absolu de l'esprit, *le seul* regard qui
vraiment pourrait nous sauver – vierge de toute
demande, encore non entamé par le vice du
savoir – seule innocence qui pourrait prévenir la

48

blessure des choses quand elles pénètrent dans le cercle de nos sensations – voir – sentir – car ce ne serait plus qu'un merveilleux face-à-face, un *être-là*, nous et les choses, et dans les yeux *recevoir* le monde tout entier – recevoir – sans aucune demande, et même, sans étonnement – recevoir – rien d'autre – recevoir – dans les yeux – le monde. Ainsi seuls les yeux des madones savent voir, sous la voûte des églises, l'ange descendu d'un ciel d'or, à l'heure de l'Annonciation.

Obscurité. Ann Devéria se serre contre le corps sans vêtements de la petite fille, dans le secret de son lit, tout arrondi de couvertures légères comme des nuages. Ses doigts glissent sur cette peau incroyable, et ses lèvres cherchent dans les replis les plus cachés la saveur tiède du sommeil. Elle bouge lentement, Ann Devéria. Une danse au ralenti qui peu à peu dénoue quelque chose dans la tête et entre les jambes et partout. Il n'y a pas de danse plus exacte que celle-là, pour valser avec le sommeil, sur le parquet de la nuit.

La dernière lumière, à la dernière fenêtre, s'éteint. Seul le mécanisme sans fin de la mer continue de révéler le silence par l'explosion cyclique des ondes nocturnes, souvenances lointaines de tempêtes somnambules et de naufrages rêvés.

Nuit sur la pension Almayer.

Immobile nuit.

Bartleboom se réveilla fatigué et de mauvaise humeur. Pendant des heures, en rêve, il avait négocié avec un cardinal italien l'acquisition de la cathédrale de Chartres, pour n'obtenir à la fin qu'un monastère des environs d'Assise, au prix, exorbitant, de seize mille couronnes, plus une nuit avec Dorothea, sa cousine, et un quart de la pension Almayer. La négociation, qui plus est, s'était déroulée sur un vaisseau dangereusement livré à la merci des flots et commandé par un gentilhomme qui se disait le mari de madame Devéria et, en riant – *en riant* – admettait ne comprendre absolument rien à la mer. Quand il se réveilla, il était épuisé. Il ne s'étonna pas de voir, à califourchon sur le rebord de la fenêtre, l'habituel petit garçon qui, immobile, regardait la mer. Mais il fut assez déconcerté de l'entendre dire, sans même se retourner :

– Moi, ce type-là, son monastère, je lui aurais lancé à la figure.

Bartleboom descendit du lit et sans dire un mot prit le petit garçon par le bras, le fit descendre de la fenêtre puis le tira vers la porte et enfin jusqu'en bas des escaliers, tout en criant

– Mademoiselle Dira !

et en dégringolant les marches atterrit pour finir au rez-de-chaussée où

– MADEMOISELLE DIRA !

et trouva enfin ce qu'il cherchait, c'est-à-dire la réception – si on peut l'appeler ainsi – bref, arriva, tenant fermement le petit garçon, devant mademoiselle Dira, avec un air de fier courroux, partiellement tempéré par l'humaine faiblesse d'une chemise de nuit jaune, et plus sérieusement boycotté par l'adjonction à la susdite d'un bonnet de nuit en laine, mailles larges.

50

Dira leva les yeux de ses comptes. Les deux autres – Bartleboom et le petit garçon – se tenaient au garde-à-vous devant elle. Ils parlèrent l'un après l'autre, comme s'ils s'étaient concertés.

– Ce petit garçon lit dans les rêves.

– Cet homme parle dans son sommeil.

Dira baissa de nouveau les yeux sur ses comptes. Elle n'éleva même pas la voix.

– Disparaissez.

Ils disparurent.

6

Parce que, le baron de Carewall, la mer, il ne l'avait
jamais vue. Ses terres, c'était de la terre : et des
pierres, des collines, des marais, des champs, des
ravins, des montagnes, des forêts, des clairières. De
la terre. La mer, il n'y en avait pas.
Pour lui, la mer était une idée. Ou plus précisément,
un parcours imaginaire. Quelque chose qui naissait
dans la mer Rouge – ouverte en deux par la main
de Dieu –, se multipliait dans la pensée du déluge
universel, s'y perdait pour se retrouver ensuite dans
la silhouette pansue d'une arche et immédiatement
après se rattachait à la pensée des baleines – jamais
vues mais souvent imaginées – et à partir de là
recommençait à s'écouler, de nouveau à peu près
clair, dans les quelques histoires parvenues jusqu'à
lui de poissons monstrueux, de dragons et de villes
sous-marines, en un crescendo de splendeur fabuleuse qui brusquement se racornissait sous les traits
rudes du visage d'un de ses ancêtres – encadré pour
l'éternité dans la galerie ad hoc –, lequel avait joué,
disait-on, les aventuriers aux côtés de Vasco de

Gama : dans ses yeux d'une méchanceté subtile, la pensée de la mer prenait une orientation sinistre, elle rebondissait sur d'incertaines chroniques d'hyperboles corsaires, se prenait les pieds dans une citation de saint Augustin qui voyait dans l'océan la demeure du Malin, revenait en arrière sur un nom – Thessala –, peut-être celui d'un navire naufragé, peut-être une berceuse chantant des histoires de guerres et de navires, frôlait l'odeur de certaines étoffes arrivées jusqu'à lui des pays lointains, et remontait finalement à la lumière dans les yeux d'une femme venue de l'outre-mer, rencontrée des années plus tôt et jamais revue, avant d'aller s'arrêter, au terme de ce périple mental, dans le parfum d'un fruit qui, lui avait-on dit, ne poussait qu'au bord de la mer, dans les pays du Sud : et en le mangeant on sentait le goût du soleil. La mer, parce qu'il ne l'avait jamais vue, voyageait dans l'esprit du baron de Carewall comme un passager clandestin à bord d'un voilier ancré dans le port, toutes voiles amenées : inoffensif et superflu.

Il aurait pu y rester à jamais. Mais il en fut délogé, en l'espace d'un instant, par les paroles d'un homme vêtu de noir nommé Atterdel, par le verdict d'un homme de science implacable, convoqué pour accomplir un miracle.

– Je sauverai votre fille. Et je la sauverai *avec la mer*.

Dans la mer. C'était absolument incroyable. La mer nauséabonde et fétide, réceptacle d'abominations, monstre abyssal anthropophage – antique et païen – redouté depuis toujours, et voilà que tout à coup

ils t'invitent, comme à une promenade, ils te l'ordonnent, parce que c'est une cure, et avec une courtoisie implacable ils te poussent

dans la mer.

C'est la cure à la mode, maintenant. Une mer de préférence froide, fortement salée et agitée, car la vague est partie intégrante de la cure, pour ce qu'elle porte en elle de redoutable, à dominer techniquement et moralement, dans un défi qui fait peur, quand on y pense, qui fait peur. Tout ça avec la certitude – disons la conviction – que le grand giron marin pourra briser l'enveloppe de la maladie, réactiver les flux vitaux, multiplier les salutaires sécrétions des glandes centrales et périphériques

liniment idéal pour les hydrophobes, les mélancoliques, les impuissants, les anémiques, les solitaires, les méchants, les envieux,

et les fous. Comme ce fou qu'ils amenèrent à Brixton, sous le regard imperméable des docteurs et des savants, et qui fut immergé de force dans l'eau glacée agitée par les vagues, puis en fut extrait, et, après mesure des réactions et contre-réactions, immergé une nouvelle fois, de force, bien entendu,

huit degrés centigrades, la tête sous l'eau, lui qui rejaillit à la surface comme un hurlement, et cette force d'animal avec laquelle il se libère des infirmiers et assistants divers, tous nageurs expérimentés mais ça ne sert à rien contre l'aveugle fureur de l'animal, et il s'échappe – il s'échappe –, courant dans l'eau, nu, et criant la fureur de ce châtiment abominable, la honte, la terreur. Toute la plage glacée d'embarras, pendant que court et court cet animal et que les femmes, au loin, détournent leur regard, alors qu'elles voudraient voir, bien sûr, bien sûr qu'elles voudraient voir, la bête et sa course et, disons-le, sa nudité, justement ça, sa nudité incohérente à l'aveuglette dans la mer, belle, même, dans cette lumière grise, d'une beauté qui transperce des années de pieuse éducation et de collège et de rougeurs, et va droit où elle doit aller, tout le long des nerfs de ces femmes timides qui dans le secret de leurs jupes énormes et candides

les femmes. La mer semblait, tout à coup, les avoir attendues depuis toujours. À en croire les médecins, elle était là, depuis des millénaires, se perfectionnant patiemment, dans la seule et unique intention de s'offrir comme onguent miraculeux pour leurs peines, de l'âme et du corps. Ainsi allaient répétant, dans des salons impeccables, à des maris et à des pères impeccables, d'impeccables docteurs, sirotant leur thé, et mesurant leurs paroles, pour expliquer, avec une courtoisie paradoxale, que le dégoût de la mer, et le choc, et la terreur, c'était, en vérité, une cure séraphique, pour les stérilités, anorexies, épuisements nerveux, ménopauses, surexcitations, inquiétudes, insomnies. L'expérience idéale pour guérir les troubles de la jeunesse et préparer aux fatigues des devoirs de l'épouse. Baptême solennel et inaugural pour des jeunes filles devenues femmes. Alors,

si l'on oublie, un instant, le fou dans la mer de
Brixton

       (le fou continua de courir, mais vers le large,
jusqu'au moment où on ne le vit plus, objet scientifique sorti des statistiques des Académies de
médecine, auto-livré spontanément au ventre de
l'océan mer)

       si on l'oublie

       (digéré par le grand intes-
tin aquatique et jamais rendu à la plage, revomi au
monde, comme on aurait pu s'y attendre, sous la
forme d'une vessie livide et grotesque)

       on pourrait
imaginer une femme – une femme – aimée, respec-
tée, mère, femme. Amenée pour une quelconque
raison – *maladie* – jusqu'à cette mer que sans cela
elle n'aurait jamais vue et qui est à présent l'aiguille
de sa guérison, aiguille démesurée, à vrai dire,
qu'elle regarde et ne comprend pas. Elle a les cheveux dénoués et les pieds nus, et ce n'est pas rien,
c'est quelque chose d'absurde, sans parler de cette
petite tunique blanche et de ce pantalon qui laisse
la cheville découverte, tu devinerais presque la min-
ceur de ses hanches, c'est absurde, seule sa chambre
d'épouse l'a vue ainsi, et pourtant c'est bien ça, elle
est là sur cette plage immense où ne stagne pas l'air
poisseux de la couche nuptiale mais où souffle le
vent de la mer, apportant avec lui l'ordonnance
d'une liberté sauvage refoulée, oubliée, opprimée,
avilie, pendant une vie entière de mère épouse
aimée femme. Et c'est sûr : elle ne peut pas *ne pas
le sentir.* Ce vide tout autour, sans murs, sans portes

closes, et devant elle, uniquement, cet excitant miroir d'eau sans limites, en soi ce serait déjà une fête pour les sens, une orgie pour les nerfs, mais tout reste encore à venir, la morsure de l'eau glacée, la peur, l'étreinte liquide de la mer, le choc sur la peau, le cœur qui bat la chamade...

Ils l'accompagnent jusqu'à l'eau. Sur son visage descend, sublime refuge, un masque de soie.

D'ailleurs, le fou de Brixton, personne ne vint jamais réclamer son cadavre. Il faut bien le dire. Les médecins faisaient des expériences, c'est ce qu'il faut comprendre. Des couples invraisemblables se promenaient, le malade et son médecin, les malades diaphanes, très élégants, rongés par la maladie d'une lenteur divine, et les médecins comme des souris dans une cave, à chercher des indices, des preuves, des nombres et des chiffres : à épier les mouvements de la maladie dans sa fuite éperdue devant le piège d'une cure paradoxale. *Ils buvaient* l'eau de la mer, ça allait jusque-là, cette eau qui la veille encore n'était qu'horreur et dégoûtation, privilège d'une humanité abandonnée et barbare, à la peau brûlée par le soleil, avilissante immondice. Ils la *sirotaient,* maintenant, ces mêmes divins invalides qui marchaient sur la grève en traînant imperceptiblement la jambe, dans l'extraordinaire simulation d'une boiterie noble capable de les soustraire à l'ordinaire obligation de mettre un pied devant l'autre. Tout devenait *cure.* Les uns trouvaient une épouse, les autres écrivaient des poèmes, c'était le monde de toujours

57

– répugnant, à bien y regarder – qui soudain s'était déplacé, *dans un but strictement médical,* au bord d'un gouffre abhorré pendant des siècles et désormais élu, par choix et par science, comme promenade pour la douleur.

Le *bain à la lame,* ainsi l'appelaient les médecins. Il y avait même une voiture spéciale, mais vraiment, une sorte de chaise à porteurs brevetée pour entrer dans la mer, on s'en servait pour les dames, évidemment, les dames et les demoiselles, pour les *protéger des regards indiscrets.* Elles montaient dans cette chaise à porteurs, fermée de chaque côté par des rideaux aux couleurs nuancées – des couleurs qui ne crient pas, si on peut dire –, puis on les transportait jusque dans la mer, quelques mètres dans la mer, et là, avec la chaise à porteurs au ras de l'eau, elle descendaient et elles prenaient un bain, comme un médicament, presque invisibles derrière leurs rideaux, rideaux au vent, voitures comme des tabernacles flottants, rideaux comme les parements d'une cérémonie inexplicablement égarée dans l'eau, un vrai spectacle, à regarder de la plage. Le bain à la lame.

Seule la science *peut* certaines choses, en vérité. Balayer des siècles de répugnance – la mer, réceptacle abominable de corruption et de mort – et inventer cette idylle qui peu à peu gagne toutes les plages du

monde. Des guérisons comme des

amours. Et puis ceci : un jour, sur la plage de Depper, la vague apporta une petite barque, une ruine, guère plus qu'une épave. Et ils étaient là, les amants de la maladie, éparpillés sur des kilomètres de rivage, consommant chacun son étreinte marine, élégantes broderies sur le sable à perte de vue, chacun dans sa bulle d'émotion, de plaisir et de peur. Avec la permission de la science qui les avait convoqués là, ils descendirent tous à pas lents de leur ciel vers cette épave qui hésitait encore à s'échouer sur le sable, comme un messager qui aurait peur d'arriver. Ils s'approchèrent. Ils la tirèrent au sec. Et ils virent. Étendu sur le fond de la barque, le regard tourné vers le haut et le bras tendant, devant lui, quelque chose qui n'y était plus. Ils le virent :

un saint. Elle était en bois, la statue. Bois peint. Le manteau descendait jusqu'aux pieds, une blessure tranchait la gorge mais le visage, lui, n'en savait rien, et reposait, bienveillant, sur une divine sérénité. Rien d'autre, dans la barque, juste le saint. Rien d'autre. Et tous, instinctivement, de lever les yeux, un court instant, pour chercher à la surface de l'océan la silhouette d'une église, idée compréhensible mais cependant déraisonnable, il n'y avait pas d'églises, il n'y avait pas de croix, il n'y avait pas de sentiers, la mer est sans routes, la mer est sans explications.

Les regards de dizaines d'invalides, et des femmes épuisées, magnifiques, lointaines, des médecins comme des souris, des assistants et des domestiques, des vieillards libidineux, des curieux, des pêcheurs, des jeunes filles – et *un saint*. Égarés, eux tous comme lui. Suspendus.

Sur la plage de Depper, un jour.
Personne jamais ne comprit.
Personne.

– Vous l'emmènerez à Daschenbach, c'est une plage idéale pour les bains à la lame. Trois jours. Une immersion le matin et une l'après-midi. Demandez le docteur Taverner, il vous procurera tout le nécessaire. Voici une lettre d'introduction pour lui. Tenez.
Le baron prit la lettre sans même la regarder.
– Elle en mourra, dit-il.
– C'est possible. Mais très improbable.
Seuls les grands docteurs savent être à ce point cyniques dans l'exactitude. Atterdel était *le* plus grand.
– Disons les choses ainsi, Baron : vous pouvez garder cette enfant ici pendant des années, à se promener sur des tapis blancs et à dormir au milieu d'hommes qui volent. Mais, un jour, une émotion que vous n'aurez pas réussi à prévoir l'emportera. Amen. Ou alors vous acceptez le risque, vous suivez mes prescriptions et vous espérez en Dieu. La mer vous rendra votre fille. Morte, peut-être. Mais si c'est vivante, vivante pour de bon.
Cyniquement exact.
Le baron était resté immobile, la lettre dans sa main à mi-course entre le médecin vêtu de noir et lui.
– Vous n'avez pas d'enfants.
– C'est un point sans importance.
– En tout cas, vous n'en avez pas.
Il regarda la lettre et lentement la posa sur la table.

– Elisewin restera ici.

Un instant de silence, mais rien qu'un instant.

– Pas question.

Ça, c'était le père Pluche. En réalité, la phrase partie de son cerveau était plus complexe, plus proche de quelque chose comme « Il serait peut-être bon, avant toute décision, de réfléchir tranquillement à ce que... » : quelque chose dans ce genre. Mais « Pas question » était à l'évidence une proposition plus preste et plus véloce, et elle n'eut pas grand mal à se faufiler entre les mailles de l'autre pour remonter à la surface du silence comme une bouée imprévue et imprévisible.

– Pas question.

C'était la première fois, en seize ans, que le père Pluche osait contredire le baron sur une question qui regardait la vie d'Elisewin. Il ressentit une étrange ivresse : comme s'il venait de se jeter par la fenêtre. C'était un homme qui avait un certain esprit pratique : puisqu'il était là, dans les airs, il décida qu'il pouvait aussi bien essayer de voler.

– Elisewin ira à la mer. Je l'y emmènerai. Et s'il le faut, nous y resterons des mois, des années, jusqu'à ce qu'elle trouve la force d'affronter l'eau et tout le reste. Et à la fin elle reviendra : vivante. Toute autre décision serait une imbécillité, pire, une lâcheté. Et si Elisewin a peur, nous ne devons pas avoir peur, nous, et moi je n'aurai pas peur. Elle se moque de mourir. C'est vivre qu'elle veut. Et ce qu'elle veut, elle l'aura.

Incroyable, comment il parlait, le père Pluche. Incroyable que ce soit lui.

– Vous, docteur Atterdel, vous ne comprenez rien aux hommes ni aux pères ni aux enfants, rien. Et c'est pour ça que je vous crois. La vérité est toujours inhumaine. Comme vous. Je sais que vous ne vous trompez pas. Vous me faites pitié, mais vos paroles, je les admire. Et moi qui n'ai jamais vu la mer, j'irai à la mer, parce que vos paroles me le disent. C'est la chose la plus absurde, la plus ridicule et la plus insensée que je puisse jamais faire. Mais il n'y a pas un seul homme, sur toutes les terres de Carewall, capable de m'empêcher de la faire. Pas un.

Il prit la lettre sur la table et la glissa dans sa poche. Il avait le cœur qui lui cognait à l'intérieur comme un fou, les mains qui tremblaient et un étrange bourdonnement dans les oreilles. Rien d'étonnant, pensa-t-il : ce n'est pas tous les jours qu'on arrive à voler.

Il aurait pu se passer n'importe quoi, à cet instant-là. Vraiment, il y a des instants où l'enchaînement logique omniprésent des causes et des effets craque, pris au dépourvu par la vie même, et descend dans le parterre, se mêlant au public, laissant sur scène, sous les projecteurs d'une liberté vertigineuse et soudaine, une main invisible pêcher dans le giron illimité du possible, et, entre des millions de choses, n'en laisser advenir qu'une seule. Dans le triangle silencieux de ces trois hommes, elles passèrent toutes, en procession mais dans un éclair, ces choses par millions qui auraient pu exploser là, jusqu'au moment où, le nuage de poussière retombé et les lumières éteintes, une seule d'entre elles, minuscule, apparut, dans ce cercle-là d'espace et de temps, s'efforçant avec quelque pudeur d'advenir. Et advint. Le baron – le baron de Carewall – se mit à pleurer, sans même cacher son visage entre ses mains, simplement en se laissant aller contre le dossier de son somptueux fauteuil, comme vaincu par la fatigue mais aussi comme libéré d'un poids énorme. Comme un homme fini, mais aussi comme un homme sauvé.

Il pleurait, le baron de Carewall.

Ses larmes.

Le père Pluche, immobile.

Le docteur Atterdel, sans paroles.

Et rien d'autre.

Tout ça, personne ne le sut jamais, sur les terres de Carewall. Mais tous, sans exception, racontent encore aujourd'hui ce qui arriva *après*. La douceur de ce qui arriva après.

– Elisewin...

– Une cure miraculeuse...

– La mer...

– C'est de la folie.

– Elle guérira, tu verras.

– Elle mourra.

– La mer...

La mer – vit le baron sur les dessins des géographes – était loin. Mais surtout – vit-il dans ses rêves – elle était terrible, exagérément belle, terriblement forte – inhumaine et hostile – merveilleuse. Et puis, il y avait des couleurs différentes, des odeurs jamais respirées, des sons inconnus – c'était l'autre monde. Il regardait Elisewin et ne parvenait pas à imaginer

63

comment elle pourrait approcher tout cela sans disparaître, dans le néant, volatilisée dans les airs par
la commotion, et par la surprise. Il pensait à l'instant
où elle se retournerait, brusquement, et recevrait la
mer dans les yeux. Pendant des semaines, il y pensa.
Puis il comprit. Au fond, ce n'était pas difficile.
C'était même incroyable de ne pas y avoir pensé
avant.

– Comment arriverons-nous jusqu'à la mer ? lui
demanda le père Pluche.

– C'est la mer qui viendra vous chercher.

Ils partirent donc, un matin d'avril, par les collines
et les campagnes, et au crépuscule du cinquième
jour arrivèrent sur la rive d'un fleuve. Il n'y avait
pas de village, pas de maisons, rien. Mais sur l'eau
se balançait, silencieux, un petit vaisseau. Il s'appelait *L'Adel*. Il naviguait, d'habitude, sur les eaux de
l'Océan, transportant les richesses comme les misères, dans un sens puis dans l'autre, entre le continent et les îles. À la proue, il y avait une naïade aux
cheveux qui descendaient jusqu'à ses pieds. Ses voiles avaient en elles tous les vents des mondes lointains. Sa quille, pendant des années, avait épié le
ventre de la mer. Dans chaque recoin, des odeurs
inconnues racontaient des histoires que les visages
des marins portaient écrites sur la peau. C'était un
deux-mâts. Le baron de Carewall avait voulu qu'il
remontât, depuis la mer, le cours du fleuve, jusqu'à
cet endroit.

– C'est une idée folle, lui avait écrit le capitaine.

– Je vous couvrirai d'or, avait répondu le baron.

Et à présent, fantôme égaré loin de tous les itiné-

64

raires raisonnables, le deux-mâts nommé *L'Adel*
était là. Sur le petit ponton, où n'abordaient d'habitude que des barques de rien du tout, le baron serra
sa fille contre lui et lui dit
– Adieu.
Elisewin ne répondit rien. Elle fit descendre sur son
visage un masque de soie, glissa dans la main de
son père une lettre, pliée et cachetée, se tourna et
alla à la rencontre des hommes qui la porteraient
sur le vaisseau. À présent il faisait presque nuit. Ça
pouvait ressembler à un rêve, aussi.
   C'est ainsi qu'Elisewin descendit vers la mer de
la plus douce manière du monde – seul l'esprit d'un
père pouvait imaginer cela –, portée par le courant,
tout le long de cette danse faite de courbes, d'hési-
tations et de pauses que le fleuve avait apprise en
des siècles de voyage, lui, le grand sage, seul à
connaître la route la plus belle, la plus bienveillante
et la plus douce pour arriver jusqu'à la mer sans se
faire de mal. Ils descendirent, avec cette lenteur
décidée au millimètre près par la maternelle sagesse
de la nature, se faufilant peu à peu dans un monde
d'odeurs, de choses et de couleurs qui dévoilait jour
après jour, avec une extrême lenteur, la présence
lointaine, puis de plus en plus proche, du ventre
énorme qui les attendait. L'air changeait, et chan-
geaient les aurores, et les ciels, et la forme des maisons, les oiseaux, les bruits, et les visages des gens,
sur la rive, et les paroles des gens, sur leurs lèvres.
L'eau glissant vers l'eau, délicate caresse d'amour,
les anses du fleuve comme une berceuse de l'âme.
Un voyage imperceptible. Dans la tête d'Elisewin,

des sensations par milliers, mais légères comme des plumes qui volent.

Aujourd'hui encore, sur les terres de Carewall, tous racontent ce voyage. Chacun à sa manière. Tous, sans l'avoir jamais vu. Peu importe. Ils ne cesseront jamais de le raconter. Pour que personne ne puisse oublier combien ce serait beau si, pour chaque mer qui nous attend, il y avait un fleuve, pour nous. Et quelqu'un – un père, un amour, quelqu'un – capable de nous prendre par la main et de trouver ce fleuve – l'imaginer, l'inventer – et nous poser dans son courant, avec la légèreté de ce seul mot, adieu. Ce serait merveilleux, vraiment. Elle serait *douce,* la vie, n'importe quelle vie. Et les choses ne feraient pas mal mais s'approcheraient, portées par le courant, on pourrait d'abord les frôler puis les toucher et seulement à la fin se laisser toucher par elles. Se laisser *blesser,* même. *En mourir.* Peu importe. Mais tout serait, finalement, *humain.* Il suffirait de l'imagination de quelqu'un – un père, un amour, quelqu'un. Lui, il saurait en inventer une, de route, ici, au milieu de ce silence, sur cette terre qui ne veut pas parler. Route clémente, et belle. Une route d'ici jusqu'à la mer.

Tous les deux immobiles, les yeux fixés sur cette immense étendue d'eau. À ne pas y croire. Vraiment. À rester la vie entière sans comprendre, mais en continuant à regarder. La mer, devant, un long fleuve derrière, la fin de la terre, là, sous les pieds. Et eux deux, immobiles. Elisewin et le père Pluche. Comme un sortilège. Sans même une pensée dans la tête, une pensée vraie, simplement la stupeur. L'émerveillement. Et c'est après de longues et longues minutes – une éternité – qu'Elisewin, finalement, sans détacher ses yeux de la mer, dit

– Mais après, quelque part, ça se finit ?

À des centaines de kilomètres, dans la solitude de son énorme château, un homme approche de la chandelle une lettre, et lit. Quelques mots, tous sur la même ligne. Encre noire.

N'ayez pas peur. Je n'ai pas peur, moi qui vous aime.
Elisewin.

La voiture viendra les prendre, après, parce que c'est le soir, et que la pension les attend. Un voyage bref. La route le long de la plage. Tout autour, personne. Presque personne. Dans la mer – que fait-il *dans* la mer ? – un peintre.

7

À Sumatra, devant la côte nord de Pangei, émergeait tous les soixante-six jours un îlot en forme de croix, recouvert d'une végétation dense, et en apparence inhabité. Il restait visible quelques heures, puis sombrait à nouveau dans la mer. Sur la plage de Carcais, les pêcheurs du village avaient trouvé les restes du vaisseau *Le Davemport,* naufragé huit jours plus tôt à l'autre bout du monde, dans la mer de Ceylan. Sur la route de Farhadhar apparaissaient aux marins d'étranges papillons lumineux qui leur donnaient des étourdissements et des sentiments de mélancolie. Dans les eaux de Bogador, une formation de quatre navires militaires avait disparu, avalée par une énorme et unique vague surgie du néant par une lumineuse journée de plat absolu.

L'amiral Langlais feuilletait lentement ces documents arrivés des parties les plus diverses d'un monde qui, à l'évidence, se cramponnait à sa folie. Lettres, extraits de journaux de bord, coupures de gazettes, procès-verbaux d'interrogatoires, rapports confidentiels, dépêches d'ambassade. Il y avait de tout. La froideur lapidaire des communiqués officiels et les confidences alcoolisées de marins visionnaires traversaient indifféremment le monde pour venir finir sur ce bureau, où Langlais, au nom du Royaume, traçait à la plume d'oie la frontière entre ce qui serait, dans le Royaume, considéré comme *vrai,* et ce qui serait oublié comme *faux.* De toutes les mers du globe, des centaines de personnages et de voix arrivaient en procession sur ce bureau pour être engloutis par un verdict mince comme un filet d'encre noire, brodé d'une calligraphie précise dans des livres reliés de cuir. La main de Langlais était le giron où leurs voyages venaient se poser. Sa plume, la lame sur laquelle leurs peines se pliaient. Une mort exacte et propre.

La présente information doit être tenue pour non fondée et, en conséquence, interdiction est faite de la divulguer ou de la mentionner dans les documents et cartes du Royaume.

Soit pour toujours, toute une vie limpide.

La présente information doit être tenue pour véridique et, en conséquence, devra figurer sur tous les documents et cartes du Royaume.

Il tranchait, Langlais. Il confrontait les preuves, évaluait les témoignages, interrogeait les sources. Puis, il tranchait. Il vivait quotidiennement au milieu des fantômes d'une immense imagination collective, où le regard lucide de l'explorateur et celui, halluciné, du naufragé produisaient des images parfois identiques et des histoires absurdement complémentaires. Il vivait au milieu des prodiges. C'est pourquoi dans son palais régnait un ordre préétabli et maniaque : et sa vie se déroulait selon une immuable géométrie d'habitudes, qui touchait au sacré d'une liturgie. Il se protégeait, Langlais. Il enserrait sa vie dans un réseau de règles millimétrées, capables d'amortir le vertige de l'imaginaire auquel, chaque jour, il confrontait son esprit. Les hyperboles qui, de toutes les mers du globe, arrivaient jusqu'à lui, s'apaisaient devant la digue méticuleuse érigée par ces menues certitudes. Tel un lac placide, à quelque pas de là, la sagesse de Langlais les attendait. Immobile et juste.

Par les fenêtres ouvertes arrivait le bruit rythmé des cisailles du jardinier, qui taillaient les rosiers avec l'assurance d'une Justice décernant ses verdicts salutaires. Un bruit comme un autre. Mais ce jour-là, et dans la tête de l'amiral Langlais, ce bruit envoyait un message bien précis. Patient et obstiné — trop proche de la fenêtre pour que ce soit un hasard —, il apportait le souvenir obligatoire d'une tâche à accomplir. Langlais aurait préféré ne pas l'entendre. Mais c'était un homme d'honneur. Il repoussa donc les pages qui parlaient d'îles, d'épaves et de papillons, ouvrit un tiroir, en sortit trois lettres cachetées qu'il posa sur l'écritoire. Elles venaient de trois endroits différents. Bien qu'elles portassent le signe distinctif de la correspondance urgente et réservée, Langlais, par lâcheté, les avait laissées reposer quelques jours, là où personne ne pouvait les voir. Il les ouvrit donc, d'un geste sec et formel, puis, s'interdisant toute hésitation, commença à les lire. Il nota sur une feuille quelques noms, une date. Il essayait de faire tout cela avec la neutralité impersonnelle d'un comptable du Royaume. La dernière note qu'il prit disait :

Pension Almayer, Quartel

À la fin, il prit les lettres, se leva et, s'approchant de la cheminée, les jeta dans la flamme prudente qui veillait sur le printemps paresseux de ces jours-là. Pendant qu'il regardait se recroqueviller la précieuse élégance de ces missives qu'il aurait voulu ne jamais avoir lues, il perçut distinctement qu'un silence soudain et reconnaissant lui arrivait par les fenêtres ouvertes. Les cisailles, jusque-là aussi infatigables que les aiguilles d'une horloge, se taisaient. Après un moment seulement se gravèrent dans le silence les pas du jardinier qui s'éloignait. Il y avait quelque chose de si exact dans ce congé, que n'importe qui s'en serait étonné. Mais pas Langlais. Lui, il savait. Mystérieuse pour quiconque, la relation qui unissait ces deux hommes – un amiral et un jardinier – n'avait, pour eux, plus aucun secret. L'habitude d'une proximité, faite de nombreux silences et de signes intimes, veillait depuis des années sur leur alliance singulière.
Il y a tellement d'histoires. Celle-ci venait de loin.

Un jour, six ans plus tôt, on avait amené devant l'amiral Langlais un homme qui s'appelait, disait-

71

on, Adams. Grand, robuste, les cheveux aux épaules, la peau brûlée par le soleil. Ç'aurait pu être un marin parmi tant d'autres. Mais pour qu'il tienne debout il fallait le soutenir, il était incapable de marcher. Une répugnante blessure ulcéreuse marquait son cou. Il demeurait absurdement immobile, comme paralysé, absent. La seule chose évoquant quelque reste de conscience était son regard. On aurait dit le regard d'un animal à l'agonie.

« Il a le regard d'un animal en chasse », pensa Langlais.

On lui raconta qu'il avait été trouvé dans un village au cœur de l'Afrique. Il y avait d'autres Blancs aussi, là-bas : des esclaves. Mais lui, c'était différent. Il était l'animal préféré du chef de tribu. Il se tenait à quatre pattes, grotesquement orné de plumes et de pierres multicolores, attaché par une corde au trône de cette espèce de roi. Se nourrissant des restes qu'il lui lançait. Il avait le corps martyrisé de blessures et de traces de coups. Il avait appris à aboyer d'une manière qui amusait beaucoup le souverain. S'il était encore en vie, c'était, vraisemblablement, pour cette seule raison.

– Qu'a-t-il à raconter ? demanda Langlais.

– Lui, rien. Il ne parle pas. Il ne veut pas parler. Mais ceux qui étaient avec lui... les autres esclaves... et d'autres aussi qui l'ont reconnu, sur le port... bref, ils racontent sur lui des choses extraordinaires, comme s'il avait été partout, cet homme, c'est un mystère... à croire tout ce qu'on dit...

– Et *c'est quoi,* ce qu'on dit ?

Lui, Adams, immobile et absent, au milieu de la

pièce. Et autour de lui, les bacchanales de la mémoire et de l'imagination qui explosent, dessinant dans l'air la fresque des aventures d'une vie qui, paraît-il, est la sienne / trois cents kilomètres à pied dans le désert / il jure qu'il l'a vu se changer en nègre et après redevenir blanc / parce qu'il trafiquait avec le sorcier du coin, c'est là qu'il a appris à fabriquer cette poudre rouge qui / quand ils les ont capturés, ils les ont tous attachés à un énorme tronc d'arbre et ils ont attendu qu'ils soient complètement recouverts par les insectes, mais lui, il s'est mis à parler dans une langue incompréhensible et c'est là que ces sauvages, tout à coup / en jurant que lui, il y était allé, dans ces montagnes où la lumière ne disparaît jamais, et jamais personne n'en est revenu sain d'esprit, sauf lui, et à son retour il a seulement dit / à la cour du sultan, où ils l'avaient pris à cause de sa voix, qui était très belle, et ils le couvraient d'or, sa tâche c'était de rester dans la chambre des tortures et de chanter pendant qu'ils faisaient leur travail, tout ça pour que le sultan n'entende pas l'écho ennuyeux des gémissements mais plutôt la beauté de ce chant qui / dans le lac de Kabalaki, qui est grand comme la mer, et finalement ils ont construit une barque, faite avec des feuilles géantes, les feuilles d'un arbre, et ils ont navigué d'une côte à l'autre, et il y était dans cette barque, lui, ça je peux le jurer / à ramasser des diamants dans le sable, avec les mains, tous enchaînés et nus pour qu'ils ne puissent pas s'enfuir, et lui là au beau milieu, et d'ailleurs c'est vrai que / tout le monde disait qu'il était mort, que la tempête

l'avait emporté, mais un jour, devant la porte Tesfa, ils ont coupé les mains d'un homme, un voleur d'eau, j'ai bien regardé et c'était lui, c'était vraiment lui / c'est pour ça qu'il s'appelle Adams, mais il en a eu des milliers, des noms, un jour quelqu'un l'a rencontré et là il s'appelait Ra Me Nivar, dans la langue du pays ça veut dire l'homme qui vole, et une autre fois, sur les côtes africaines / dans la cité des morts, là où personne n'osait entrer parce qu'il y avait une malédiction, depuis des siècles déjà, qui faisait éclater les yeux de tous ceux qui
– Ça suffit.
Langlais ne leva même pas les yeux de la tabatière qu'il tournait avec nervosité dans ses mains depuis plusieurs minutes.
– C'est bon. Emmenez-le.
Personne ne bougea.
Silence.
– Amiral... il y a quelque chose d'autre.
– Quoi d'autre ?
Silence.
– Cet homme a vu Tombouctou.
La tabatière de Langlais s'immobilisa.
– Il y a des gens prêts à le jurer : il y est allé.
Tombouctou. La perle de l'Afrique. La cité introuvable et merveilleuse. L'écrin de tous les trésors, demeure de tous les dieux barbares. Cœur du monde inconnu, forteresse aux mille secrets, royaume fantôme de toutes les richesses, destination perdue d'une infinité de voyages, source de toutes les eaux et songe de tous les ciels. Tombouctou. La cité qu'aucun homme blanc, jamais, n'avait trouvée.

74

Langlais leva les yeux. Dans la pièce, tous paraissaient saisis d'une immobilité soudaine. Seuls les yeux d'Adams continuaient à vagabonder, occupés à traquer une proie invisible.

L'amiral l'interrogea longuement. Comme à son habitude, il parla d'une voix sévère mais douce, presque impersonnelle. Aucune violence, aucune pression particulière. Juste la patiente procession des questions brèves et précises. Il n'obtint aucune réponse.

Adams se taisait. Paraissant à jamais exilé dans un monde qui, inexorablement, était ailleurs. Il ne put lui arracher même un seul regard. Rien.

Langlais resta là à le fixer, en silence, un long instant. Puis il fit un signe qui était sans réplique. On souleva Adams de sa chaise et on l'emmena. Langlais le vit s'éloigner – les pieds traînés sur les dalles de marbre – et eut la sensation agaçante que Tombouctou aussi, à ce moment-là, s'éloignait encore plus sur les cartes géographiques approximatives du Royaume. Lui vint à l'esprit, sans raison, une des nombreuses légendes qui circulaient sur cette ville : que les femmes, là-bas, ne découvraient qu'un seul œil, peint magnifiquement à l'aide de terres de couleur. Il s'était toujours demandé pourquoi elles pouvaient bien vouloir cacher l'autre. Il se leva et s'approcha avec nonchalance de la fenêtre. Il s'apprêtait à l'ouvrir quand une voix, dans sa tête, l'immobilisa en prononçant une phrase nette et précise :

– Parce qu'aucun homme ne pourrait soutenir leur regard sans devenir fou.

Langlais se retourna brusquement. Il n'y avait personne dans la pièce. Il se tourna de nouveau vers la fenêtre. Pendant quelques instants, il fut incapable d'aucune pensée. Puis il vit en bas, dans l'avenue, passer le petit cortège qui remmenait Adams vers le néant. Il ne se demanda pas ce qu'il devait faire. Il le fit, c'est tout.

Quelques instants plus tard, il était devant Adams, entouré de la stupeur des présents, et légèrement essoufflé par sa course rapide. Il le regarda dans les yeux et dit à voix basse

– Et toi, comment le sais-tu ?

Adams ne parut même pas s'apercevoir de sa présence. Il continuait d'être en quelque endroit bizarre, à des milliers de kilomètres de là. Mais ses lèvres remuèrent et tous entendirent sa voix qui disait

– Parce que je les ai vues.

Langlais en avait croisé beaucoup, des cas comme celui d'Adams. Marins jetés par une tempête ou la cruauté des pirates sur une côte quelconque d'un continent inconnu, otages du hasard et gibier de gens pour qui l'homme blanc n'était guère plus qu'une espèce animale étrange. Si une mort clémente ne venait pas opportunément les prendre, c'était une mort atroce qui de toute façon les attendait, dans quelque recoin fétide ou merveilleux de ces mondes invraisemblables. Rares étaient ceux qui en revenaient vivants, récupérés par un navire et rendus au monde civilisé, mais portant sur eux les signes irréversibles de leur catastrophe. Des épaves au cerveau égaré, déchets humains recrachés par l'inconnu. Des âmes perdues.

Langlais savait tout cela. Et pourtant, il prit Adams avec lui. Il l'arracha à la misère et le fit venir dans son palais. Quel que fût le monde où son esprit s'était réfugié, il irait l'y chercher. Et l'en ramènerait. Ce n'était pas le sauver qu'il voulait. Pas exactement. Il voulait sauver les histoires qui étaient cachées en lui. Peu importait le temps qu'il faudrait : il voulait ces histoires et il les aurait.

Il savait qu'Adams était un homme détruit par sa vie. Il imaginait son âme comme un village paisible saccagé et balayé par l'invasion sauvage d'une quantité vertigineuse d'images, de sensations, d'odeurs, de sons, de souffrance, de paroles. La mort, qu'à première vue il simulait, était le résultat paradoxal d'une vie explosée de l'intérieur. Sous son mutisme et son immobilité crépitait un chaos indomptable.

Langlais n'était pas médecin et n'avait jamais sauvé personne. Mais sa propre vie lui avait appris le pouvoir thérapeutique imprévisible de l'exactitude. Lui-même se soignait, on pouvait le dire, exclusivement à l'exactitude. Elle était le médicament qui, dissous dans chaque gorgée de sa vie, maintenait éloigné de lui le poison de l'égarement. Il pensa donc que l'absence inentamable d'Adams ne s'effriterait que sous l'exercice quotidien et patient d'une exactitude quelconque. Il sentait que celle-ci devait être, à sa manière, une exactitude *aimable,* à peine effleurée par la glace d'un rite mécanique, et cultivée dans la tiédeur d'une relative poésie. Il la cher-

77

cha longuement dans le monde d'objets et de gestes qui l'entourait. Et il finit par trouver. Et à ceux qui, non sans un certain sarcasme, s'aventuraient à lui demander

– Quel est donc ce médicament prodigieux grâce auquel vous comptez guérir votre sauvage ?

il aimait à répondre

– Mes roses.

Comme un enfant qui poserait un oiseau perdu dans la tiédeur artificielle d'un nid d'étoffe, Langlais posa Adams dans son jardin. Un jardin admirable, où la géométrie la plus subtile bridait l'explosion des couleurs, de toutes les couleurs ; et où la discipline d'une symétrie inflexible réglementait le voisinage spectaculaire de fleurs et de plantes venues du monde entier. Un jardin où le chaos de la vie devenait une figure divinement exacte.

Ce fut là qu'Adams, lentement, revint à lui-même. Des mois durant, il resta silencieux, mais se pliant avec docilité à l'apprentissage de mille – exactes – règles. Puis son absence commença à devenir une présence nuancée, ponctuée çà et là de courtes phrases, et non plus voilée par la survivance obstinée de l'animal tapi en lui. Au bout d'une année, personne, à le voir, n'aurait douté qu'il se trouvait devant le plus classique et le plus parfait des jardiniers : silencieux et imperturbable, lent et précis dans ses gestes, impénétrable et sans âge. Dieu clément d'une création en miniature.

Pendant tout ce temps, Langlais ne lui demanda rien. Il échangeait avec lui quelques rares phrases, concernant en général la santé des iris ou les variations imprévisibles du temps. Aucun des deux jamais ne fit allusion au passé, à un quelconque passé. Langlais attendait. Il n'était pas pressé. Il dégustait, au contraire, le plaisir de l'attente. Au point que ce fut même avec une pointe absurde de déception qu'un jour, alors qu'il se promenait dans une allée secondaire du jardin et passait non loin d'Adams, il vit celui-ci lever les yeux d'un pétunia couleur de perle et, distinctement, l'entendit prononcer – apparemment pour personne – les paroles suivantes :

– Elle n'a pas de murs, Tombouctou, parce que là-bas ils pensent, depuis toujours, que sa beauté suffirait, à elle seule, pour arrêter n'importe quel ennemi.

Et puis il se tut, Adams, et baissa les yeux sur le pétunia couleur de perle. Langlais continua de marcher, sans dire un mot, le long de l'allée. Même Dieu, s'il existait, ne se serait aperçu de rien.

À partir de ce jour commencèrent doucement à s'écouler d'Adams toutes ses histoires. Aux moments les plus divers, et selon des temps et une liturgie indéchiffrables. Langlais se contentait d'écouter. Il ne posait jamais une seule question. Il écoutait, c'est tout. Quelquefois c'étaient de simples phrases. D'autres fois, de véritables récits. Adams racontait d'une voix plane et chaude. Avec un art surprenant, il mesurait les phrases et les silences. Il y avait quelque chose d'hypnotique dans cette psalmodie d'images fabuleuses. C'était magique de l'écouter. Langlais en était ensorcelé.

Rien de ce qu'il entendait, dans ces récits, n'allait

finir dans ses livres reliés de cuir sombre. Le Royaume, cette fois-là, n'était pas concerné. Elles étaient pour lui, ces histoires. Il avait attendu qu'elles fleurissent au sein d'une terre violentée et morte. Et à présent il les récoltait. Elles étaient l'hommage, raffiné, qu'il avait décidé d'offrir à sa propre solitude. Il s'imaginait vieillir dans l'ombre pieuse de ces histoires. Et mourir, un jour, avec dans les yeux l'image, interdite à tous les hommes blancs, du plus beau jardin de Tombouctou.

Il pensait que tout resterait, à jamais, aussi magiquement facile et léger. Il ne pouvait prévoir qu'à cet homme appelé Adams allait bientôt le lier quelque chose d'étonnamment féroce.

Il se trouva que l'amiral Langlais, quelque temps après l'arrivée d'Adams, fut confronté à la fastidieuse et banale nécessité de jouer sa propre vie dans un duel aux échecs. Lui et sa petite suite avaient été surpris en rase campagne par un brigand tristement connu dans la région pour sa folie et pour la cruauté de ses entreprises. Étrangement, en la circonstance, l'homme se montra disposé à ne pas s'acharner sur ses victimes. Il ne retint que Langlais et renvoya tous les autres, à charge pour eux de rassembler la somme, considérable, de la rançon. Langlais se savait assez riche pour racheter sa liberté. Mais il ne pouvait pas prévoir si le brigand serait assez patient pour attendre l'arrivée de tout cet argent. Il sentit sur lui, pour la première fois, une pénétrante odeur de mort.

Il passa deux jours, enchaîné et les yeux bandés,

dans un chariot qui se déplaçait continuellement. Le troisième jour, on l'en fit descendre. Quand on lui ôta le bandeau, il était assis devant le brigand. Entre eux, il y avait une petite table. Sur la table, un échiquier. Le brigand s'expliqua de façon lapidaire. Il lui accordait une chance. Une partie. S'il la gagnait, il serait libre. S'il la perdait, lui-même le tuerait.

Langlais tenta de le raisonner. Mort, il ne valait pas un sou, pourquoi jeter au vent une telle fortune ?

— Je ne vous ai pas demandé ce que vous en pensez. Je vous ai demandé un oui ou un non. Dépêchez-vous.

Un fou. Ce type était fou. Langlais comprit qu'il n'avait pas le choix.

— Comme vous voulez, dit-il, et il baissa les yeux sur l'échiquier. Il constata bien vite que si le brigand était fou, c'était d'une folie âprement rusée. Non seulement il s'était réservé les blancs — espérer le contraire eût été stupide — mais il jouait, lui, avec une seconde reine, disposée bien en ligne à la place du fou de droite. Curieuse variante.

— Un roi, expliqua le brigand en se désignant lui-même, et deux reines, ajouta-t-il, goguenard, en désignant les deux femmes, en vérité très belles, qui étaient assises à côté de lui. La plaisanterie déchaîna dans l'assistance des rires effrénés et des hurlements généreusement complaisants. Moins amusé, Langlais baissa de nouveau les yeux en se disant qu'il allait mourir de la plus stupide manière qui soit.

Le premier coup du brigand ramena un silence absolu. Pion du roi en avant de deux cases. À Langlais de jouer. Il hésita quelques instants. C'était comme s'il attendait quelque chose, mais sans savoir quoi. Il ne le comprit que lorsqu'il entendit, dans le secret de son cerveau, une voix d'un calme admirable marteler ces mots

– Cavalier dans la colonne du fou du roi.

Cette fois-là, il ne regarda pas autour de lui. Il la connaissait, cette voix. Et il savait qu'elle n'était pas là. Dieu seul savait comment, mais elle venait de très loin. Il prit le cavalier et le plaça devant le fou. Au septième coup, il avait déjà un léger avantage. Au huitième, il roqua. Au onzième, il était maître du centre de l'échiquier. Deux coups plus tard, il sacrifia un fou, ce qui lui permit, au coup suivant, de prendre la première reine adverse. Il piégea la seconde par une combinaison dont il eût été incapable – il en avait conscience –, s'il n'avait été guidé pas à pas par cette voix absurde. À mesure que la résistance des blancs s'effritait, il sentait croître, chez le brigand, une colère et un égarement féroces. Au point qu'il eut peur de gagner. Mais la voix ne lui laissait pas de répit.

Au vingt-troisième coup, le brigand se laissa prendre une tour, sur une erreur si évidente qu'elle ressemblait à une reddition. Langlais s'apprêtait machinalement à en profiter quand il entendit la voix lui souffler de manière péremptoire

– Attention au roi, amiral.

Attention au roi ? Langlais s'arrêta net. Le roi blanc était dans une position tout à fait inoffensive, derrière les restes d'un roque bâclé. Attention à quoi ? Il regardait l'échiquier et ne comprenait pas.

Attention au roi.

La voix était silencieuse.

Tout était silencieux.

Quelques instants.

Puis Langlais comprit. Ce fut comme un éclair qui traversa son cerveau une seconde avant que le brigand ne sorte du néant un couteau, cherchant avec une extrême rapidité à lui planter la lame dans le cœur. Langlais fut plus vif. Il lui bloqua le bras, parvint à lui arracher le couteau, et comme en conclusion du geste que l'autre avait commencé, lui trancha la gorge. Le brigand s'écroula au sol. Les deux femmes, saisies d'horreur, prirent la fuite. Tous les autres semblaient pétrifiés de stupeur. Langlais garda son calme. Dans un geste qu'il n'hésiterait pas ensuite à qualifier d'inutilement solennel, il prit le roi blanc et le coucha sur l'échiquier. Puis il se leva, tenant le couteau bien serré dans son poing, et lentement s'écarta. Personne ne bougea. Il monta sur le premier cheval qu'il trouva. Lançant un dernier regard à cette étrange scène digne du théâtre populaire, il prit la fuite. Comme il arrive souvent dans les moments cruciaux de l'existence, il se surprit à n'être capable que d'une seule pensée, totalement insignifiante : c'était la première fois – la première – qu'il gagnait une partie en jouant avec les noirs.

En arrivant à son palais, il trouva Adams étendu sur le lit, sans conscience et en proie à une fièvre cérébrale. Les docteurs ne savaient que faire. Il leur dit

– Ne faites rien. Rien.

Quatre jours plus tard, Adams revint à lui. À son chevet se trouvait Langlais. Ils se regardèrent. Adams referma les yeux. Et Langlais dit, à voix basse

– Je te dois la vie.

– *Une* vie, précisa Adams. Puis il rouvrit les yeux et les planta droit dans ceux de Langlais. Ce n'était pas le regard d'un jardinier. C'était le regard d'un animal en chasse.

– La mienne, je m'en fiche. C'est une autre vie, celle que je veux.

Ce que cette phrase voulait dire, Langlais ne le comprit que bien longtemps après, quand il était trop tard pour ne pas l'avoir entendue.

Un jardinier immobile, debout devant le bureau d'un amiral. Partout, des papiers et des livres. Mais en ordre. *En ordre.* Et des candélabres, des tapis, une odeur de cuir, des tableaux sombres, des tentures marron, des cartes géographiques, des armes, des pièces de monnaie, des portraits. De l'argenterie. L'amiral tend une feuille au jardinier et dit

– Pension Almayer. Un endroit au bord de la mer, près de Quartel.

– C'est là ?

– Oui.

Le jardinier plie la feuille, la met dans sa poche et dit

– Je partirai ce soir.

L'amiral baisse les yeux, et il entend alors la voix de l'autre prononcer ce mot

– Adieu.

Le jardinier s'approche de la porte. L'amiral, sans même le regarder, murmure

– Et après ? Qu'arrivera-t-il après ?

Le jardinier s'arrête.

– Plus rien.

Et il sort.

L'amiral se tait.

... pendant que Langlais laissait son esprit vagabonder dans le sillage d'un vaisseau qui s'était envolé, littéralement, sur les eaux de Malagar, et qu'Adams décidait de s'arrêter devant une rose de Bornéo pour observer le travail d'un insecte remontant le long d'un pétale avant de renoncer à l'entreprise et de prendre son envol, solidaire en cela du vaisseau, semblable à lui, qui avait eu le même instinct pour remonter les eaux de Malagar, frères l'un et l'autre dans ce refus implicite du réel et dans ce choix d'une fuite aérienne, et unis d'être, en cet instant-là, deux images simultanément posées sur la rétine et dans la mémoire de ces deux hommes que plus rien ne pourrait séparer, et qui au même instant voyaient dans ces deux envols, celui de l'insecte et celui du voilier, un identique effroi devant l'âpre saveur de la fin et la déconcertante découverte du silence absolu du destin, quand, brusquement, il explose.

8

Au premier étage de la pension Almayer, dans une chambre qui regardait vers les collines, Elisewin luttait avec la nuit. Immobile, sous les couvertures, elle attendait de voir ce qui viendrait en premier, du sommeil ou de la peur.

On entendait la mer, comme une avalanche sans fin, le tonnerre incessant d'un orage né d'on ne savait quel ciel. Elle ne s'arrêtait pas un instant. Ignorait la fatigue. Et la clémence.

Quand tu la regardes, tu ne t'en rends pas compte : le bruit qu'elle fait. Mais dans le noir... Toute cette infinitude alors n'est plus que fracas, muraille de sons, hurlement lancinant et aveugle. Tu ne l'éteins pas, la mer, quand elle brûle dans la nuit.

Elisewin sentit éclater dans sa tête une bulle de vide. Elle la connaissait bien, cette explosion secrète, douleur invisible et inracontable. Mais ça ne servait à rien de la connaître. À rien. Peu à peu venait s'emparer d'elle le mal sournois, rampant – ce parâtre obscène. Il venait reprendre son bien.

Ce n'était pas tant ce froid qui la transperçait de

l'intérieur, ni même son cœur, qui s'affolait, ou la sueur partout, glacée, ou le tremblement de ses mains. Le pire, c'était cette sensation de disparaître, de sortir de sa propre tête, de n'être plus que panique indistincte et tressautements de peur. Des pensées comme des lambeaux de rébellion – des frissons – le visage figé dans une grimace pour réussir à garder les yeux fermés – réussir à ne pas regarder le noir, l'horreur sans issue. Une guerre.

Elisewin réussit à penser à la porte qui, à quelques mètres d'elle, faisait communiquer sa chambre avec celle du père Pluche. Quelques mètres. Il fallait qu'elle arrive jusque-là. Elle allait se lever, maintenant, et elle la trouverait, sans ouvrir les yeux, et il suffirait alors de la voix du père Pluche, même seulement sa voix, et tout serait fini – il suffisait de se lever de là, de trouver la force de faire quelques pas, de traverser la chambre, d'ouvrir la porte – se lever, ramper hors des couvertures, glisser le long du mur – se lever, tenir debout, faire ces quelques pas – se lever, garder les yeux fermés, trouver cette porte, l'ouvrir – se lever, essayer de respirer, puis s'écarter du lit – se lever, ne pas mourir – se lever de là – se lever. Quelle horreur. Quelle horreur.

Ce n'étaient que quelques mètres. C'étaient des kilomètres, c'était une éternité : celle-là même qui la séparait de sa vraie chambre, de ses objets, de son père, du lieu qui était le sien. Tout était loin. Perdu, tout.

Ces guerres-là, on ne peut pas les gagner. Elisewin rendit les armes.

Et, comme si elle mourait, ouvrit les yeux.

Elle ne comprit pas tout de suite.

Elle ne s'y attendait pas.

C'était éclairé, dans la chambre. Une petite lumière.

Mais partout. Chaude.

Elle tourna la tête. Sur une chaise, près du lit, se tenait Dira, un grand livre ouvert sur les genoux, et un chandelier à la main. Une chandelle allumée. La petite flamme, dans le noir qui n'était plus noir. Elisewin resta immobile, la tête un peu soulevée sur l'oreiller, à regarder. Elle avait l'air d'être ailleurs, cette petite fille, et pourtant elle était là. Les yeux fixés sur ces pages, les pieds qui ne touchaient pas le sol et bougeaient lentement d'avant en arrière : petites chaussures en balancier, suspendues à deux petites jambes et une petite jupe.

Elisewin reposa la tête sur l'oreiller. Elle voyait la petite flamme de la chandelle fumer, immobile. Et la chambre, tout autour, dormir doucement. Elle se sentit fatiguée, d'une fatigue merveilleuse. Elle eut le temps de penser

– On n'entend plus la mer.

Puis elle ferma les yeux. Et s'endormit.

Au matin, elle trouva le chandelier, solitaire, posé sur la chaise. La chandelle encore allumée. Comme si elle ne s'était pas consumée. Comme si elle avait veillé sur une nuit longue d'un instant. Petite flamme invisible dans la grande lumière qui par la fenêtre amenait dans la chambre le jour nouveau.

Elisewin se leva. Elle éteignit la chandelle d'un souffle. De toutes parts arrivait l'étrange musique d'un joueur infatigable. Un bruit énorme. Un spectacle. Elle était revenue, la mer.

Plasson et Bartleboom sortirent ensemble, ce matin-là. Chacun avec ses outils : chevalet, couleurs et pinceaux pour Plasson, cahiers et instruments de mesure variés pour Bartleboom. On aurait dit qu'ils venaient de débarrasser le grenier d'un inventeur fou. L'un avait des cuissardes et une veste de pêcheur, et l'autre une redingote de savant, un chapeau de laine sur la tête et des gants de pianiste, sans doigts. Peut-être n'y avait-il pas que l'inventeur, de fou, dans les environs.

En réalité, Plasson et Bartleboom ne se connaissaient nullement. Ils s'étaient seulement croisés quelquefois, dans les couloirs de la pension, ou dans la salle des repas. Sans doute ne se seraient-ils jamais retrouvés là, à marcher ensemble, sur la plage, chacun se dirigeant vers le lieu de son travail, si Ann Devéria n'en avait pas décidé ainsi.

– C'est stupéfiant. Si on vous mettait ensemble, tous les deux, on obtiendrait un fou parfait. À mon avis, Dieu est encore là, le nez sur le grand puzzle, à se demander où sont passés ces deux pièces qui allaient si bien ensemble.

– Qu'est-ce qu'un puzzle ? avait demandé Bartleboom à l'instant même où Plasson demandait

– Qu'est-ce qu'un puzzle ?

Le lendemain matin, ils marchaient sur le bord de la mer, chacun avec ses instruments mais ensemble, en route vers les ateliers paradoxaux de leur labeur quotidien.

Plasson avait fait fortune, des années auparavant, en devenant le portraitiste le plus couru de la capi-

tale. Dans toute la ville, il n'y avait pas, on pouvait
le dire, de famille sincèrement affamée d'argent qui
n'eût, chez elle, un Plasson. Des portraits, bien
entendu, uniquement des portraits. Propriétaires
terriens, épouses maladives, progéniture enflée,
grand-tantes racornies, industriels rubiconds,
demoiselles à marier, ministres, prêtres, prima
donna de l'Opéra, militaires, poétesses, violonistes,
académiciens, femmes entretenues, banquiers,
enfants prodiges : sur tous les murs comme il faut
de la capitale, des centaines de visages ahuris lor-
gnaient, opportunément encadrés, fatalement ano-
blis par ce qu'on appelait dans les salons « la touche
Plasson » : curieuse particularité stylistique qui
pouvait se traduire par le talent, singulier en vérité,
avec lequel ce peintre apprécié savait conférer un
reflet d'intelligence à n'importe quel regard, fût-il
celui d'un veau. « Fût-il celui d'un veau » était une
précision dont à l'ordinaire, dans les salons, on se
dispensait.

Plasson aurait pu continuer ainsi pendant des
années. Les visages des riches sont infinis. Mais un
jour, de but en blanc, il décida de tout abandonner.
Et de partir. Une idée très précise, et couvée depuis
des années en son for intérieur, s'était emparée de
lui.

Faire le portrait de la mer.

Il vendit tout ce qu'il avait, abandonna son atelier,
et partit pour un voyage qui, à ce qu'il pouvait en
comprendre, pourrait tout aussi bien être sans fin.
Il y avait des milliers de kilomètres de côtes, partout

dans le monde. Ce ne serait pas une mince affaire que de trouver le bon endroit.

Aux chroniqueurs mondains qui lui demandaient les raisons de cet abandon inusité, Plasson ne parla pas de cette histoire de mer. Ils voulaient savoir ce que cachait ce renoncement du maître inégalé de l'art sublime du portrait ? Plasson leur répondit de manière lapidaire, d'une phrase qui ne manqua pas, ensuite, de se prêter à des interprétations multiples.

– Je me suis lassé de la pornographie.

Il était parti. Plus personne, jamais, ne le retrouverait.

Tout cela, Bartleboom l'ignorait. Forcément, il l'ignorait. Et c'est pourquoi, là, sur le bord de la mer, une fois épuisées les amabilités sur le temps, il se risqua à demander, juste pour maintenir la conversation à la surface :

– Vous peignez depuis longtemps ?

Même dans cette circonstance, Plasson fut lapidaire.

– Jamais rien fait d'autre.

N'importe qui aurait conclu, à entendre Plasson, qu'il n'y avait que deux possibilités : soit il était d'une insupportable arrogance, soit il était bête. Mais, là encore : il fallait comprendre. Plasson avait ceci de curieux, quand il parlait : il ne finissait jamais ses phrases. Il n'arrivait pas à les finir. Il ne parvenait à la fin que si la phrase ne dépassait pas les sept, huit mots. Sinon, il se perdait en chemin. Aussi essayait-il, en particulier avec les étrangers, de se limiter à des propositions courtes et incisives. Et il avait en cela, disons-le, du talent. Bien sûr, cela

91

le faisait paraître un peu hautain et fastidieusement laconique. Mais c'était toujours mieux que d'avoir l'air plus ou moins nigaud : ce qui se produisait régulièrement quand il se lançait dans des phrases articulées, ou même simplement normales : sans arriver, jamais, à les finir.

– Mais dites-moi, Plasson : y a-t-il quelque chose, au monde, que vous arrivez à finir ? lui avait demandé un jour Ann Devéria, touchant avec son habituel cynisme le cœur du problème.

– Oui : les conversations désagréables, avait-il répondu en quittant la table et en partant dans sa chambre. Il avait du talent, on l'a dit, pour les réponses courtes. Un réel talent.

Tout cela aussi, Bartleboom l'ignorait. Forcément, il l'ignorait. Mais il fut rapide à le comprendre.

Sous le soleil de midi, Plasson et lui, assis sur la plage, en train de manger les trois ou quatre choses préparées par Dira. Le chevalet planté dans le sable, à quelques mètres de là. Toile blanche habituelle, sur le chevalet. Vent du nord habituel, sur le tout.

BARTLEBOOM – Mais vous en faites un par jour, de ces tableaux ?

PLASSON – En un certain sens...

BARTLEBOOM – Votre chambre doit en être pleine...

PLASSON – Non. Je les jette.

BARTLEBOOM – Vous les jetez ?

PLASSON – Vous le voyez, celui-là, sur le chevalet ?

BARTLEBOOM – Oui.

PLASSON – Ils sont tous plus ou moins comme ça.

BARTLEBOOM – ...

PLASSON – Vous les garderiez, vous ?

92

Nuage qui passe sur le soleil. Aussitôt tombe un froid, du genre qui saisit. Bartleboom remet son chapeau de laine.

PLASSON – C'est difficile.

BARTLEBOOM – Ce n'est pas moi qui vous dirai le contraire. Je serais incapable de dessiner même ce morceau de fromage, comment vous pouvez faire toutes ces choses c'est un mystère pour moi, un mystère.

PLASSON – *La mer,* c'est difficile.

BARTLEBOOM –...

PLASSON – C'est difficile de comprendre par où commencer. Vous voyez, quand je faisais des portraits, des portraits des gens, je savais par où commencer, je regardais ces visages et je savais exactement... (stop)

BARTLEBOOM – ...

PLASSON – ...

BARTLEBOOM – ...

PLASSON – ...

BARTLEBOOM – Vous faisiez des portraits des gens ?

PLASSON – Oui.

BARTLEBOOM – Ça alors, il y a des années que je voudrais me faire faire mon portrait, mais vraiment, ça va vous paraître stupide mais...

PLASSON – Quand je faisais les portraits des gens, *je commençais par les yeux.* J'oubliais tout le reste et je me concentrais sur les yeux, je les étudiais, pendant plusieurs minutes, puis j'en faisais une esquisse, au crayon, et c'est ça le secret, parce que quand vous avez dessiné les yeux... (stop)

BARTLEBOOM – ...

93

PLASSON – …

BARTLEBOOM – Que se passe-t-il quand vous avez dessiné les yeux ?

PLASSON – Il se passe que le reste vient tout seul, c'est comme si toutes les autres parties venaient se mettre en place d'elles-mêmes autour de ce point de départ, sans même qu'il soit nécessaire de… (stop)

BARTLEBOOM – Sans même que ce soit nécessaire.

PLASSON – Non. On peut presque éviter de regarder le modèle, tout vient tout seul, la bouche, la cambrure du cou, même les mains… Mais ce qui est fondamental c'est de partir des yeux, vous comprenez ? et il est là, le vrai problème, le problème qui me rend fou, il est là, exactement : … (stop)

BARTLEBOOM – …

PLASSON – …

BARTLEBOOM – Vous avez une idée de là où est le problème, Plasson ?

D'accord, c'était un peu compliqué. Mais il s'agissait seulement de le désensabler. Chaque fois. Patiemment. Bartleboom, comme on pouvait le déduire de sa vie sentimentale singulière, était un homme patient.

PLASSON – Le problème, c'est : *où diable peuvent-ils bien être, les yeux de la mer ?* Je n'arriverai à rien tant que je n'aurai pas découvert ça, parce que c'est là le *commencement,* comprenez-vous ? le commencement de tout, et tant que je n'aurai pas compris où est ce commencement, je continuerai à passer mes journées à regarder cette maudite étendue d'eau sans… (stop)

94

BARTLEBOOM – ...

PLASSON – ...

BARTLEBOOM – ...

PLASSON – C'est ça le problème, Bartleboom.

Magique : cette fois, il était reparti tout seul.

PLASSON – C'est ça le problème : *où commence la mer ?*

Bartleboom ne répondit rien.

Le soleil allait et venait, entre un nuage et un autre. C'était le vent du nord, toujours lui, qui organisait le spectacle silencieux. La mer continuait, imperturbable, à réciter ses psaumes. Si elle avait des yeux, en ce moment ce n'était pas de ce côté qu'elle regardait.

Silence.

Silence de plusieurs minutes.

Puis Plasson se tourna vers Bartleboom et d'un seul trait dit

– Et vous... vous, qu'est-ce que vous étudiez avec vos drôles d'instruments ?

Bartleboom sourit.

– Où *finit* la mer.

Deux morceaux de puzzle. Faits l'un pour l'autre. Dans quelque endroit du ciel, un vieux Seigneur, à l'instant même, venait de les retrouver.

– Diable ! Je le disais bien, Moi, qu'ils ne pouvaient pas avoir disparu.

– La chambre est au rez-de-chaussée. Par là, troisième porte à gauche. De clé, il n'y en a pas. Personne n'en a, ici. Vous devriez écrire votre nom sur ce livre. Ce n'est pas obligatoire mais tout le monde le fait, ici.

Le grand livre avec les signatures attendait, ouvert sur un pupitre de bois. Un lit de papier fraîchement refait, qui attendait les rêves d'autres noms. La plume de l'homme l'effleura à peine.

Adams.

Puis il hésita un instant, immobile.
— Si vous voulez savoir les noms des autres, vous pouvez me les demander. Ce n'est pas un secret.
Adams leva les yeux du grand livre et sourit.
— C'est un beau nom, Dira.
La petite fille resta interdite. Instinctivement, elle jeta un coup d'œil au grand livre.
— Il n'est pas écrit, mon nom.
— Pas là.
Si elle avait dix ans, cette petite, c'était le maximum. Mais quand elle voulait, elle pouvait en avoir mille de plus. Elle planta ses yeux dans ceux d'Adams, et ce qu'elle lui dit, elle le lui dit d'une voix tranchante qui semblait celle d'une femme, laquelle, ici, n'y était pas.
— Adams, ce n'est pas votre vrai nom.
— Non ?
— Non.
— Et comment le savez-vous ?
— Moi aussi je sais lire.
Adams sourit. Il se pencha, prit son bagage et se dirigea vers sa chambre.
— La troisième porte à gauche, cria derrière lui une voix qui était redevenue celle d'une petite fille.
Il n'y avait pas de clé. Il ouvrit la porte et entra.

Non qu'il se soit attendu à grand-chose. Mais il s'attendait du moins à trouver la chambre vide.
– Oh, excusez-moi, dit le père Pluche en s'éloignant de la fenêtre et en rajustant machinalement sa tenue.
– Je me suis trompé de chambre ?
– Non, non… c'est moi qui… voyez-vous, j'ai la chambre au-dessus, à l'étage au-dessus, mais elle donne sur les collines, on ne voit pas la mer : je l'ai choisie par prudence.
– Prudence ?
– Oui enfin, c'est une longue histoire… Bref, je voulais voir ce qu'on voyait d'ici, mais je ne vous dérangerai pas plus longtemps, je ne serais jamais venu là si j'avais su…
– Restez, si vous voulez.
– Non, à présent je m'en vais. Vous avez sans doute un tas de choses à faire, vous venez d'arriver ?
Adams posa son bagage par terre.
– Quel imbécile, bien sûr que vous venez d'arriver… eh bien, alors je m'en vais. Ah… je m'appelle Pluche, le père Pluche.
Adams acquiesça.
– Le père Pluche.
– C'est ça.
– À bientôt, père Pluche.
– Oui, à bientôt.
Il glissa vers la porte et sortit. En passant devant la réception – si on peut l'appeler ainsi – il se sentit le devoir de bredouiller
– Je ne savais pas que quelqu'un allait arriver, je voulais juste voir comment on voyait la mer…
– Ce n'est pas grave, père Pluche.

Il s'apprêtait à sortir quand il s'arrêta, revint sur ses pas et, légèrement penché par-dessus le comptoir, interrogea Dira à voix basse

— D'après vous, est-ce que ça pourrait être un médecin ?

— Qui ?

— Lui.

— Posez-lui la question.

— Il ne me fait pas l'impression d'une personne qui meurt d'envie qu'on lui en pose. Il ne m'a même pas dit comment il s'appelait.

Dira hésita un instant.

— Adams.

— Adams tout court ?

— Adams tout court.

— Ah.

Il serait bien parti mais il lui restait encore quelque chose à dire. Il le dit d'une voix encore plus basse.

— Ses yeux... Il a les yeux d'un animal en chasse.

Maintenant il avait vraiment fini.

Ann Devéria qui marche le long du rivage, dans son manteau violet. Près d'elle, une jeune fille qui s'appelle Elisewin, avec une petite ombrelle blanche. Elle a seize ans. Elle va peut-être vivre, peut-être mourir. On ne sait pas. Ann Devéria parle sans quitter des yeux le néant qu'elle a devant elle. *Devant* en plusieurs sens.

— Mon père ne voulait pas mourir. Il vieillissait mais il ne mourait pas. Les maladies le rongeaient, et lui, impassible, il continuait de s'accrocher à la vie. À la fin, il ne quittait même plus sa chambre. On devait tout lui faire. Des années comme ça. Il s'était retranché dans une espèce de forteresse à lui, construite dans l'endroit le plus invisible de lui-même. Il renonça à tout mais il s'accrocha très fort, avec férocité, aux deux seules choses qui avaient vraiment de l'importance pour lui : écrire et haïr. Il écrivait péniblement, avec la seule main qu'il arrivait encore à bouger. Et il haïssait avec les yeux. Parler, non, il n'a plus parlé, jusqu'à la fin. Écrire et haïr. Quand il mourut – parce qu'il mourut, finalement – ma mère prit ces centaines de feuilles gribouillées et les lut, une à une. Il y avait les noms de tous ceux qu'il avait connus, écrits les uns en dessous des autres. Et à côté de chacun, la description minutieuse d'une mort affreuse. Je ne les ai pas lues, moi, ces feuilles. Mais ses yeux – des yeux pleins de haine, chaque minute de chaque jour, jusqu'à la fin – je les ai vus. Dieu sait si je les ai vus. J'ai épousé mon mari parce qu'il avait le regard bon. C'était la seule chose qui comptait pour moi. Il avait le regard bon.

Et puis la vie, elle ne se passe pas comme tu imagines. Elle va son chemin. Et toi le tien. Et ce n'est pas le même chemin. Alors… Ce n'est pas que je voulais être heureuse, non. Je voulais… me sauver de tout ça, voilà : me sauver. Mais j'ai compris tard de quel côté il fallait aller. On croit que c'est autre chose qui sauve les gens : le devoir, l'honnêteté, être bon, être juste. Non. Ce sont les désirs qui vous sauvent. Ils sont la seule chose vraie. Si tu marches avec eux, tu seras sauvée. Mais je l'ai compris trop tard. Si tu lui laisses du temps, à la vie, elle tourne d'une drôle de manière, inexorable : et tu t'aperçois que là où tu en es maintenant, tu ne peux pas désirer quelque chose sans te faire du mal. C'est là que tout se complique, il n'y a aucun moyen de s'échapper, plus tu t'agites, plus le filet s'emmêle, plus tu te rebelles, et plus tu te blesses. On ne s'en sort plus. Quand il était trop tard, c'est là que j'ai commencé à désirer. De toute la force que j'avais. Je me suis fait tant de mal, tu ne peux même pas imaginer.

Tu sais ce qui est beau, ici ? Regarde : on marche, on laisse toutes ces traces sur le sable, et elles restent là, précises, bien en ligne. Mais demain tu te lèveras, tu regarderas cette grande plage et il n'y aura plus rien, plus une trace, plus aucun signe, rien. La mer efface, la nuit. La marée recouvre. Comme si personne n'était jamais passé. Comme si nous n'avions jamais existé. S'il y a, dans le monde, un endroit où tu peux penser que tu n'es rien, cet endroit, c'est ici. Ce n'est plus la terre, et ce n'est pas encore la mer. Ce n'est pas une vie fausse, et ce n'est pas une vie vraie. C'est du *temps*. Du temps qui passe. Rien d'autre.

Ce serait un refuge parfait. Nous serions invisibles, pour n'importe quel ennemi. Suspendus. Blancs comme les tableaux de Plasson. Imperceptibles même pour nous. Mais quelque chose vient gâter ce purgatoire. Quelque chose à quoi tu ne peux pas échapper. La mer. La mer ensorcelle, la mer tue, émeut, terrifie, fait rire aussi, parfois, disparaît, par moments, se déguise en lac ou alors bâtit des tempêtes, dévore des bateaux,

elle offre des richesses, elle ne donne pas de réponses, elle est sage, elle est douce, elle est puissante,
elle est imprévisible. Mais surtout : la mer *appelle*.
Tu le découvriras, Elisewin. Elle ne fait que ça, au
fond : *appeler*. Jamais elle ne s'arrête, elle pénètre
en toi, elle te reste collée après, c'est toi qu'elle veut.
Tu peux faire comme si de rien n'était, c'est inutile.
Elle continuera de t'appeler. Cette mer que tu vois,
et toutes les autres que tu ne verras pas mais qui
seront là, toujours, aux aguets, patientes, à deux pas
de ta vie. Tu les entendras appeler, infatigablement.
Voilà ce qui arrive dans ce purgatoire de sable. Et
qui arriverait dans n'importe quel paradis, et dans
n'importe quel enfer. Sans rien expliquer, sans te
dire où, il y aura toujours une mer qui sera là, et
qui t'appellera.

Elle s'arrête, Ann Devéria. Se penche, enlève ses
chaussures. Les laisse sur le sable. Recommence à
marcher, pieds nus. Elisewin ne bouge pas. Elle
attend qu'elle se soit éloignée de quelques pas. Puis
elle dit, d'une voix suffisamment haute pour être
entendue :
– Moi, dans quelques jours, je partirai d'ici. Et j'irai
dans la mer. Et je guérirai. C'est ça, ce que je désire.
Guérir. Vivre. Et puis, un jour, devenir aussi belle
que vous.

Ann Devéria se retourne. Elle sourit. Elle cherche
les mots. Les trouve.
– Tu m'emmèneras avec toi ?

Sur le rebord de la fenêtre de Bartleboom, ils étaient
deux, cette fois, à être assis. Le petit garçon habi-

tuel. Et Bartleboom. Les jambes pendant, au-dessus du vide. Le regard pendant, au-dessus de la mer.

– Écoute, Dood...

Dood, c'était son nom, au petit garçon.

– Toi qui es toujours ici...

– Mmmmh.

– Tu dois le savoir, toi.

– Quoi ?

– Où ils sont, les yeux de la mer ?

– ...

– Parce qu'elle en a, hein ?

– Oui.

– Et où diable est-ce qu'ils sont, alors ?

– Les bateaux.

– Comment ça les bateaux ?

– Les bateaux sont les yeux de la mer.

Il en reste pétrifié, Bartleboom. Ça, vraiment, il n'y avait jamais pensé.

– Mais des bateaux, il y en a des centaines...

– Et elle, elle a des centaines d'yeux. Vous ne voudriez quand même pas qu'elle doive se débrouiller avec deux.

Effectivement. Avec tout ce qu'elle a à faire. Et grande comme elle est. Il y a un certain bon sens, là-dedans.

– Oui mais alors, excuse-moi...

– Mmmmh.

– Et les naufrages ? Les tempêtes, les typhons, toutes ces choses... Pourquoi avalerait-elle tous ces bateaux, si c'étaient ses yeux ?

Il a presque l'air impatienté, Dood, quand il se tourne vers Bartleboom et dit

102

– Et vous… vous ne les fermez jamais, vos yeux ?

Fichtre. Il a réponse à tout, cet enfant.

Il réfléchit, Bartleboom. Il réfléchit et rumine et cogite et raisonne. Puis, d'un bond, il saute de la fenêtre. Côté chambre, s'entend. Il faudrait avoir des ailes pour sauter de l'autre côté.

– Plasson… Je dois trouver Plasson… il faut que je lui dise… bigre, ça n'était pas si difficile, il suffisait de réfléchir un peu…

Haletant, il cherche son chapeau de laine. Ne le trouve pas. Évidemment : il est sur sa tête. Il renonce. Quitte la chambre en courant.

– À plus tard, Dood.

– À plus tard.

Il reste là, le petit garçon, les yeux fixés sur la mer. Il y reste un petit bout de temps. Puis il regarde bien autour de lui pour voir s'il n'y a personne et, d'un bond, saute de la fenêtre. Côté plage, s'entend.

Un jour, ils se réveillèrent et il n'y avait plus rien. Les traces de pas sur le sable avaient disparu, mais pas seulement. Tout avait disparu. Si on peut dire. Incroyable, ce brouillard.

– Ce n'est pas du brouillard, ce sont des nuages.

Incroyables, ces nuages.

– Ce sont des nuages de mer. Les nuages de ciel sont en haut. Les nuages de mer sont en bas. C'est rare qu'ils viennent. Après, ils s'en vont.

Elle savait des tas de choses, Dira.

Bien sûr, quand on regardait dehors, ça faisait impression. La veille au soir encore le ciel était tout étoilé, un enchantement. Et là : comme d'être dans une tasse de lait. Avec le froid, en plus. Comme d'être dans une tasse de lait froid.

– À Carewall, c'est pareil.

Le père Pluche était là, le nez collé aux vitres, fasciné.

– Ça dure des jours et des jours. Ça ne bouge pas d'un millimètre. Là-bas, c'est du brouillard. Du vrai brouillard. Et on ne comprend plus rien, quand ça arrive. Même dans la journée les gens se promènent une torche à la main. Pour comprendre un peu. Mais ça non plus, ça ne sert pas à grand-chose. Et puis, la nuit... il arrive que vraiment on ne comprenne plus rien. Imaginez-vous qu'Arlo Crut, un soir, en rentrant chez lui, s'est trompé de chez-lui, et a atterri droit dans le lit de Metel Crut, son frère. Metel ne s'en est même pas aperçu, il dormait comme un sonneur, mais sa femme, par contre, elle, elle s'en est aperçue. Un homme qui se glissait dans son lit. Incroyable. Eh bien, vous savez ce qu'elle lui a dit ?

Et là, dans la tête du père Pluche, se déchaîna la compétition habituelle. Deux belles phrases s'élancèrent des starting-blocks de son cerveau, avec à l'horizon, comme ligne d'arrivée, la voix qui les porterait à l'air libre. La plus sensée des deux, puisqu'il s'agissait malgré tout de la voix d'un prêtre, était vraisemblablement

– Fais-le, et je crie.

Mais elle avait l'inconvénient d'être fausse. Ce fut l'autre qui gagna, la vraie.

– Fais-le, ou je crie.

– Père Pluche !

104

– J'ai dit quoi ?

– Vous avez dit quoi ?

– J'ai dit quelque chose, *moi ?*

Ils étaient tous dans la grande salle qui donnait sur la mer, à l'abri de cette invasion de nuages mais non de la sensation désagréable de ne pas très bien savoir quoi faire. Ne rien faire est une chose. Ne rien pouvoir faire en est une autre. Très différente. Ils étaient là, tous, un peu perdus. Comme des poissons dans un aquarium.

Le plus inquiet était Plasson : en cuissardes et veste de pêcheur, il déambulait nerveusement, observant par la vitre cette marée de lait qui ne reculait pas d'un millimètre.

– On dirait vraiment un de vos tableaux, nota à voix haute Ann Devéria, qui était profondément enfoncée dans un fauteuil en osier, observant elle aussi le grand spectacle. – Tout est merveilleusement blanc.

Plasson continua à marcher de long en large. Comme s'il n'avait même pas entendu.

Bartleboom leva la tête du livre qu'il feuilletait paresseusement.

– Vous êtes trop sévère, madame Devéria. Monsieur Plasson essaie de faire quelque chose de très difficile. Et ses tableaux ne sont pas plus blancs que les pages de mon livre.

– Vous écrivez un livre ? demanda Elisewin depuis sa chaise, devant la grande cheminée.

– Un genre de livre.

– Tu as entendu, père Pluche, monsieur Bartleboom écrit des livres.

– Non, ce n'est pas à proprement parler un livre...

105

– C'est une encyclopédie, expliqua Ann Devéria.
– Une encyclopédie ?
Et voilà. Parfois un rien suffit pour oublier la grande mer de lait qui, elle, pendant ce temps-là, te coince. Il suffit, par exemple, du bruit rauque d'un mot bizarre. Encyclopédie. Un seul mot. Et les voilà lancés. Tous : Bartleboom, Elisewin, le père Pluche, Plasson. Et madame Devéria.
– Bartleboom, ne faites pas le modeste. Expliquez à mademoiselle cette histoire des limites, les fleuves et tout le reste.
– Ça s'intitule Encyclopédie des limites observables dans la nature...
– Beau titre. J'avais un professeur, au séminaire...
– Laisse-le parler, père Pluche...
– J'y travaille depuis douze ans. C'est quelque chose de compliqué... J'étudie, pratiquement, jusqu'où la nature peut aller, ou plutôt : où elle décide de s'arrêter. Parce qu'elle s'arrête toujours, tôt ou tard. C'est quelque chose de scientifique. Par exemple...
– Racontez-leur l'exemple des grands couprains...
– Eh bien, c'est un cas un peu particulier...
– L'avez-vous entendue déjà, Plasson, cette histoire des grands couprains ?
– Pardon mais c'est à moi qu'il l'a racontée, l'histoire des grands couprains, chère madame Devéria, et vous-même l'avez apprise de moi.
– Bigre, voilà une phrase qui était très longue, mes compliments Plasson, vous faites des progrès.
– Et alors, ces grands couprains ?
– Les grands couprains vivent sur les glaciers du Nord. Ce sont des animaux parfaits, à leur manière.

Ils ne vieillissent pratiquement jamais. S'ils voulaient, ils pourraient être éternels.

– Affreux.

– Mais attention, la nature contrôle tout, rien ne lui échappe. Et il se produit ceci : à un certain moment, quand ils ont vécu dans les soixante-dix, quatre-vingts années, les grands couprains cessent de manger.

– Non.

– Si. Ils cessent de s'alimenter. Ils vivent encore trois années en moyenne dans cet état. Puis ils meurent.

– Trois années sans manger ?

– En moyenne. Quelques-uns résistent même plus longtemps. Mais à la fin, et c'est ça qui est important, ils meurent. C'est quelque chose de scientifique.

– Mais c'est un suicide !

– En un certain sens.

– Et vous pensez que nous devrions vous croire, Bartleboom ?

– Regardez ici, j'ai même le dessin… le dessin d'un grand couprain…

– Bigre, Bartleboom, vous aviez raison, vous dessinez vraiment comme un cochon, sans blague, je n'ai jamais vu un dessin (stop)

– Ce n'est pas moi qui l'ai fait… c'est le marin qui m'a raconté l'histoire qui l'a dessiné…

– Un marin ?

– Toute cette histoire, c'est par un marin que vous l'avez apprise ?

– Oui, pourquoi ?

107

– Ah, mes compliments, Bartleboom, vraiment scientifique...

– Moi, je vous crois.

– Merci, mademoiselle Elisewin.

– Moi, je vous crois, et le père Pluche aussi, n'est-ce pas ?

– Bien sûr... c'est une histoire absolument vraisemblable, et d'ailleurs, en y repensant, je crois même l'avoir déjà entendue, ce devait être au séminaire...

– On apprend vraiment des tas de choses dans ces séminaires... est-ce qu'il y en a aussi pour les dames ?

– J'y pense tout à coup, Plasson, pourquoi ne feriez-vous pas les illustrations pour mon Encyclopédie, ce serait formidable, non ?

– Il faudrait que je dessine les grands couprains ?

– Eh bien, peut-être pas les grands couprains, mais il y a des tas d'autres choses... j'ai écrit huit cent soixante-douze articles, vous pourriez choisir vous-même ceux que vous préférez...

– Huit cent soixante-douze ?

– Ça ne vous semble pas une bonne idée, madame Devéria ?

– Pour l'article *mer*, je laisserais peut-être tomber l'illustration...

– Le père Pluche, son livre, il l'a dessiné lui-même.

– Laisse, Elisewin...

– Mais c'est vrai...

– Ne me dites pas que nous avons un autre savant...

– C'est un très beau livre.

– Vraiment, vous écrivez vous aussi, père Pluche ?

– Mais non, c'est quelque chose d'un peu... particulier, ce n'est pas tout à fait un livre.

– Si, c'est un livre.

– Elisewin...

– Il ne le montre jamais à personne, mais c'est très beau.

– À mon avis, ce sont des poésies.

– Pas exactement.

– Mais vous n'êtes pas tombé loin.

– Des chansons ?

– Non.

– Allons, père Pluche, ne vous faites pas prier...

– Eh bien, justement...

– Justement quoi ?

– Non, je veux dire, à propos de prier...

– Ne me dites pas que...

– Des prières. Ce sont des prières.

– Des prières ?

– Oh, alors...

– Mais elles ne sont pas comme les autres, les prières du père Pluche...

– Moi je trouve que c'est une excellente idée. J'ai toujours ressenti le manque d'un beau livre de prières.

– Bartleboom, un savant ne devrait pas *prier*, s'il est un vrai savant, il ne devrait même pas lui venir à l'idée de (stop)

– Au contraire ! C'est justement parce que nous étudions la nature, et que la nature n'est que le miroir...

– Il en a même écrit une très belle sur un médecin. C'est un savant, non ?

– Comment ça, *sur* un médecin ?

– Ça s'intitule *Prière d'un médecin qui sauve un malade et qui, à l'instant où ce dernier se lève, guéri, ressent une fatigue infinie.*

– Comment cela ?

– Mais ce n'est pas un titre de prière.

– Je vous le disais, que les prières du père Pluche n'étaient pas comme les autres.

– Mais elles ont toutes ce genre de titres ?

– Eh bien, certains titres, je les ai faits un peu plus courts, mais l'idée c'est ça.

– Dites-en d'autres, père Pluche...

– Ah, les prières vous intéressent à présent, hein Plasson ?

– Je ne sais pas... il y a la *Prière pour un enfant qui n'arrive pas à dire les « r »,* et aussi la *Prière d'un homme qui est en train de tomber dans un ravin et qui ne veut pas mourir...*

– Je n'arrive pas à y croire...

– Bon, évidemment elle est très courte, juste quelques mots... ou bien la *Prière d'un vieux dont les mains tremblent,* des choses de ce genre...

– Mais c'est extraordinaire !

– Et combien en avez-vous écrit ?

– Un certain nombre... ce n'est pas facile à écrire, quelquefois on voudrait, mais l'inspiration n'est pas là...

– Mais combien, pour voir ?

– Au jour d'aujourd'hui... il y en a neuf mille cinq cent deux.

– Non...

– Mais c'est fou...

– Diable, Bartleboom, en comparaison, votre encyclopédie est un carnet de notes.
– Mais comment faites-vous, père Pluche ?
– Je ne sais pas.
– Hier, il en a écrit une très belle.
– Elisewin...
– Vraiment.
– Elisewin, s'il te plaît...
– Hier soir, il en a écrit une sur vous.
Muets, tous, d'un seul coup.
Hier soir, il en a écrit une sur vous.
Mais elle ne l'a pas dit en regardant l'un d'eux.
Hier soir il en a écrit une sur vous.
C'était ailleurs qu'elle regardait, quand elle l'a dit, et c'est vers là que tous à présent se tournent, saisis par la surprise.

Une table, à côté de la verrière d'entrée. Un homme assis à la table, une pipe éteinte dans sa main. Adams. Personne ne sait depuis quand il est là. Peut-être depuis un instant, peut-être depuis toujours.
– Hier soir, il en a écrit une sur vous.
Ils restent immobiles, tous. Mais Elisewin se lève et s'approche de lui.
– Elle s'intitule *Prière d'un homme qui ne veut pas dire son nom.*
Mais avec douceur. Elle le dit avec douceur.
– Le père Pluche croit que vous êtes un docteur.
Adams sourit.
– Seulement de temps en temps.
– Mais moi, je dis que vous êtes un marin.

111

Tous silencieux, les autres. Immobiles. Mais n'en perdant pas un mot, pas un.
– Seulement de temps en temps.
– Et ici, aujourd'hui, vous êtes quoi ?
Il hoche la tête, Adams.
– Seulement quelqu'un qui attend.
Elisewin est debout, face à lui. Elle a une question précise et très simple, dans la tête
– Vous attendez *quoi* ?
Juste trois mots. Mais elle ne peut les dire car elle entend l'instant d'avant une voix murmurer dans sa tête :
– *Ne me le demande pas, Elisewin. S'il te plaît, ne me le demande pas.*
Elle reste là, immobile, sans rien dire, les yeux fixés dans ceux, muets comme pierres, d'Adams.
Silence.
Puis Adams lève les yeux au-dessus d'elle et dit
– Il y a un soleil merveilleux, aujourd'hui.
De l'autre côté des vitres, sans une plainte, tous les nuages ont rendu l'âme, et brille l'air limpide, aveuglant, d'une journée ressuscitée du néant.

Plage. Et mer.
Lumière.
Le vent du nord.
Le silence des marées.
Des jours. Des nuits.
Une liturgie. Immobile, si on regarde bien. *Immobile.*
Des personnes comme les gestes d'un rituel.
Autre chose que des *hommes*.

Des gestes.

Elle les respire, la caressante cérémonie quotidienne, elle les transmue en oxygène par ce surplace angélique.

Il les métabolise, le paysage parfait du rivage, les convertissant en figures pour un éventail de soie.

Chaque jour plus immuables.

Posés à un pas de la mer, ils deviennent en s'effaçant, et, dans les interstices d'un élégant néant, reçoivent la consolation d'une inexistence provisoire.

Navigue, à la surface de ce trompe-l'œil de l'âme, le tintement argentin de leurs paroles, seul friselis perceptible sur la tranquillité de l'indicible enchantement.

– Vous croyez que je suis fou ?

– Non.

Bartleboom lui a raconté toute l'histoire. Les lettres, la boîte en acajou, la femme qui attend. Tout.

– Je ne l'avais jamais raconté à personne.

Silence. Soir. Ann Devéria. Les cheveux dénoués. Une chemise de nuit blanche longue jusqu'aux pieds. Sa chambre. La lumière oscillant sur les murs.

– Pourquoi à moi, Bartleboom ?

Il torture l'ourlet de sa veste, le professeur. Ce n'est pas facile. Pas facile du tout.

– Parce que j'ai besoin que vous m'aidiez.

– Moi ?

– Vous.

Un type s'invente des grandes histoires, en fait, et il peut continuer pendant des années à y croire, peu importe si elles sont folles, et invraisemblables, il les a en lui, c'est tout. On peut même être heureux, comme ça. *Heureux.* Et ça pourrait ne jamais finir. Et puis, un jour, voilà que quelque chose se casse, dans le cœur du grand moulin à chimères, cloc, sans raison aucune, tout à coup ça casse, et tu restes là, sans comprendre comment il se fait que toute cette histoire fabuleuse elle n'est plus en toi mais *devant,* comme si c'était la folie d'un autre, et cet autre-là c'est toi. Cloc. Parfois, il suffit d'un rien. Même juste une question qui pointe le bout de son nez. Il suffit de ça.

— Madame Devéria... comment ferai-je, pour la reconnaître, cette femme, *la mienne,* quand je la rencontrerai ?

Même juste une question élémentaire qui pointe le bout de son nez hors de la tanière souterraine où on l'avait enfouie. Il suffit de ça.

— Comment ferai-je pour la reconnaître, quand je la rencontrerai ?

Effectivement.

— Mais, pendant toutes ces années, vous ne vous êtes jamais posé la question ?

— Non. Je savais que je la reconnaîtrais, c'est tout. Mais maintenant, j'ai peur. J'ai peur de ne pas être capable de comprendre. Et elle, elle passera. Et moi, je la raterai.

Il a vraiment tout le chagrin du monde sur lui, le professeur Bartleboom.

— Apprenez-moi, vous, madame Devéria, comment faire pour la reconnaître, quand je la verrai.

Elisewin dort, à la lumière d'une chandelle et d'une petite fille. Dort le père Pluche, entouré de ses prières, et Plasson, dans le blanc de ses tableaux. Et dort peut-être aussi Adams, l'animal en chasse. Dort la pension Almayer, bercée par l'océan mer.

– Fermez les yeux, Bartleboom, et donnez-moi vos mains.

Bartleboom obéit. Et aussitôt il sent sous ses mains le visage de cette femme, et les lèvres qui jouent avec ses doigts, puis le cou mince et la chemise qui s'ouvre, ses mains à elle qui guident les siennes le long de cette peau si chaude et si douce, et les y pressent, pour leur faire sentir les secrets de ce corps inconnu, serrer cette chaleur, puis remonter vers les épaules, dans les cheveux, puis de nouveau entre les lèvres, où les doigts vont et viennent doucement jusqu'à ce qu'une voix arrive, qui les arrête, écrivant dans le silence :

– Regardez-moi, Bartleboom.

Sa chemise est descendue sur ses reins. Ses yeux sourient sans aucun embarras.

– Un jour, vous verrez une femme et vous ressentirez tout ça sans même la toucher. Donnez-lui vos lettres. C'est pour elle que vous les avez écrites.

Mille choses bourdonnent, dans la tête de Bartleboom, tandis qu'il retire ses mains, en les gardant ouvertes, comme si les refermer c'était tout perdre. Il était si gêné quand il sortit de la chambre qu'il lui sembla voir, dans la pénombre, la silhouette irréelle d'une petite fille très jolie, serrée contre un grand oreiller, au fond du lit. Sans vêtements. La peau blanche comme une brume de mer.

– Quand veux-tu partir, Elisewin ? dit le père Pluche.
– Et toi ?
– Moi je ne veux rien. Mais nous devrons aller à Daschenbach, tôt ou tard. C'est là que tu dois te soigner. Ici... ici ce n'est pas un bon endroit pour guérir.
– Pourquoi dis-tu ça ?
– Il y a quelque chose de... de *malade* dans cet endroit. Tu ne t'en aperçois pas ? Les tableaux blancs de ce peintre, les mesures sans fin du professeur Bartleboom... et puis cette dame qui est très belle et qui pourtant est malheureuse et seule, je ne sais pas... sans parler de cet homme qui *attend*... il ne fait que ça, attendre, Dieu sait quoi, ou qui... Tout est... tout est arrêté juste un pas avant les choses. Il n'y a rien de réel, est-ce que tu comprends ça ?
Elle se tait et réfléchit, Elisewin.
– Et ce n'est pas tout. Sais-tu ce que j'ai découvert ? Il y a un autre locataire, dans la pension. Dans la septième chambre, celle qui a l'air vide. Eh bien, elle ne l'est pas. Il y a un homme dedans. Mais il ne sort jamais. Dira n'a pas voulu me dire qui c'était. Aucun des autres ne l'a jamais vu. On lui apporte à manger dans sa chambre. Ça te paraît normal ?
Elle se tait, Elisewin.
– C'est quoi, cet endroit, où les gens sont là mais sont invisibles, ou bien courent devant l'infini ou derrière, comme s'ils avaient l'éternité pour...
– C'est le bord de la mer, père Pluche. Ni la terre ni la mer. Un endroit qui n'existe pas.

116

Elle se lève, Elisewin. Sourit.

– C'est un monde d'anges.

Elle s'apprête à sortir. S'arrête.

– Nous partirons, père Pluche. Quelques jours encore et nous partirons.

– Alors, écoute bien, Dol. Tu dois regarder la mer. Et quand tu vois un bateau, tu me le dis. Compris ?

– Oui, monsieur Plasson.

– Bien.

Il faut dire que Plasson n'y voit guère. De près, il y voit, mais de loin, non. Il dit qu'il a passé trop de temps à regarder les visages des riches. Ça abîme la vue. Sans parler du reste. Alors il cherche les bateaux mais il n'en trouve pas. Peut-être que Dol y arrivera.

– C'est parce qu'ils passent loin, les bateaux, monsieur Plasson.

– Pourquoi ?

– C'est parce qu'ils ont peur des pas du diable.

– C'est quoi, ça ?

– Des rochers. Il y a des rochers, là, devant, tout le long de la côte. Ils affleurent dans la mer, et on ne les voit pas toujours. Alors les bateaux passent au large.

– Il ne manquait plus que les rochers.

– C'est le diable qui les a mis.

– Bien sûr, Dol.

– Mais vraiment ! Vous voyez, le diable habitait là-bas, dans l'île de Taby. Alors un jour une jeune fille qui était une sainte a pris une barque et en ramant

117

pendant trois jours et trois nuits elle est allée jusqu'à l'île. Elle était très jolie.

– L'île ou la sainte ?

– La jeune fille.

– Ah.

– Elle était tellement jolie que quand le diable l'a vue ça lui a fait une peur mortelle. Il a essayé de la chasser, mais elle n'a pas bougé d'un millimètre. Elle restait là et elle le regardait. Jusqu'au jour où le diable n'en plut vraiment pus...

– Plus.

– N'en plut vraiment plus, et il se mit à courir et courir en hurlant, jusque dans la mer, et là il a disparu et on ne l'a plus jamais revu.

– Quel rapport avec les rochers ?

– Le rapport c'est qu'à chaque pas que le diable faisait en se sauvant, il y avait un rocher qui sortait de la mer. Partout où il mettait le pied, toc, il y avait un rocher qui arrivait. Et ils sont toujours là. Ce sont les pas du diable.

– Belle histoire.

– Oui.

– Tu ne vois rien ?

– Non.

Silence.

– Mais on va y rester toute la journée, ici ?

– Oui.

Silence.

– Moi, j'aimais mieux quand je venais vous chercher le soir avec la barque.

– Ne te distrais pas, Dol.

– Vous pourriez écrire une poésie pour elles, père Pluche.

– Vous croyez que les mouettes prient ?

– Certainement. Surtout quand elles vont mourir.

– Et vous, vous ne priez jamais, Bartleboom ?

Il ajuste son chapeau de laine sur sa tête, Bartleboom.

– Autrefois je priais. Et puis j'ai fait un calcul. En huit ans, je m'étais permis de demander deux choses au Tout-Puissant. Résultat : ma sœur est morte, et la femme avec qui je me marierai je ne l'ai toujours pas rencontrée. Je prie beaucoup moins maintenant.

– Je ne crois pas que...

– Les chiffres parlent d'eux-mêmes, père Pluche. La question est simple. Est-ce que vous croyez vraiment que Dieu existe ?

– Eh bien, évidemment, *exister* me paraît un terme quelque peu excessif, mais je crois qu'il est là, d'une manière ou d'une autre, à sa façon très particulière, *il est là.*

– Et où est la différence ?

– Il y en a une, différence, Bartleboom, bien sûr qu'il y en a une. Prenez par exemple cette histoire de la septième chambre... oui, l'histoire de cet homme, à la pension, qui ne quitte jamais sa chambre, et tout le reste, hein ?

– Eh bien ?

– Personne ne l'a jamais vu. Il mange, à ce qu'il semble. Mais ça pourrait tout aussi bien être une blague. Il pourrait ne pas exister. Une invention de Dira. Mais pour nous, de toute façon, *il serait là.* La lumière est allumée, le soir, dans cette chambre,

119

quelquefois on entend des bruits, et vous-même, je vous ai vu, quand vous passez devant, vous ralentissez, vous essayez de regarder, d'entendre quelque chose... Cet homme, pour nous, *il est là.*

— Mais ce n'est pas vrai et puis c'est un fou, c'est un...

— Ce n'est pas un fou, Bartleboom. D'après Dira c'est un gentleman, un vrai monsieur. Elle dit qu'il a un secret, c'est tout, mais que c'est une personne tout à fait normale.

— Et vous y croyez, vous ?

— Je ne sais pas qui c'est, je ne sais pas s'il existe, mais je sais qu'il est là. Pour moi, il est là. Et c'est un homme qui a peur.

— Peur ?

Bartleboom hoche la tête.

— Et de quoi ?

— Vous n'allez pas sur la plage ?

— Non.

— Vous ne vous promenez pas, vous n'écrivez pas, vous ne peignez pas des tableaux, vous ne parlez pas, vous ne posez pas de questions. Vous attendez, c'est ça ?

— Oui.

— Et pourquoi ? Pourquoi ne faites-vous pas ce que vous avez à faire, et puis c'est fait ?

Adams lève les yeux sur cette petite fille qui parle avec une voix de femme, quand elle veut, et en ce moment elle veut.

— En mille endroits différents du monde, j'ai vu des pensions comme celle-ci. Ou disons : j'ai vu cette pension dans mille endroits différents du monde. La même solitude, les mêmes couleurs, les mêmes parfums, le même silence. Les gens arrivent là, et le temps s'arrête. Pour certains, ce doit être une sensation comme de bonheur, non ?

— Pour certains.

— Si je pouvais revenir en arrière, voilà ce que je choisirais : vivre *devant* la mer.

Silence.

— Devant.

Silence.

— Adams…

Silence.

— Cessez d'attendre. Ce n'est pas si difficile de tuer quelqu'un.

— Mais à ton avis, je vais mourir, là-bas ?

— À Daschenbach ?

— Quand ils me mettront dans la mer.

— Penses-tu…

— Allons, dis-moi la vérité, père Pluche, sans plaisanter.

— Tu ne mourras pas, je te le jure, tu ne mourras pas.

— Et comment le sais-tu ?

— Je le sais.

— Arrête…

— Je l'ai rêvé.

— Rêvé…

— Écoute-moi, alors. Un soir, je vais me coucher, je me glisse dans mon lit, et au moment d'éteindre je vois la porte s'ouvrir et un petit garçon qui entre.

Je croyais que c'était un employé, ou quelque chose de ce genre. Mais il s'approche de moi et il me dit : « Y a-t-il quelque chose dont vous voudriez rêver, cette nuit, père Pluche ? » Comme ça. Alors je lui dis : « La comtesse Varmeer qui prend son bain. »

– Père Pluche…

– C'était pour rire, non ? Bon, il ne me répond rien, il sourit un peu et il s'en va. Je m'endors, et je rêve quoi ?

– La comtesse Varmeer qui prend son bain.

– Exactement.

– Et c'était comment ?

– Oh, rien à en dire, décevant…

– Vilaine ?

– Une fausse maigre, décevant… Quoi qu'il en soit… Chaque soir il revient, ce petit garçon. Il s'appelle Ditz. Et chaque fois il me demande si je veux rêver de quelque chose. Alors l'autre soir je lui ai dit : « Je veux rêver d'Elisewin. Je veux rêver d'elle quand elle sera grande. » Je me suis endormi, et j'ai rêvé de toi.

– Et j'étais comment ?

– *Vivante.*

– Vivante ? Et puis ?

– Vivante. Ne me demande rien d'autre. Tu étais vivante.

– Vivante… Moi ?

Ann Devéria et Bartleboom, assis côte à côte, dans une barque tirée au sec.

– Et vous, que lui avez-vous répondu ?

– Je ne lui ai pas répondu.

– Non ?
– Non.
– Et maintenant, que va-t-il se passer ?
– Je ne sais pas. Je crois qu'il va venir.
– En êtes-vous heureuse ?
– J'ai envie de lui. Mais je ne sais pas.
– Peut-être qu'il viendra ici et qu'il vous emmènera avec lui, pour toujours.
– Ne dites pas d'idioties, Bartleboom.
– Et pourquoi pas ? Il vous aime, c'est vous-même qui l'avez dit, vous êtes tout pour lui dans la vie...
L'amant d'Ann Devéria a fini par découvrir où son mari l'avait exilée. Il lui a écrit. En ce moment même, il est peut-être déjà en route pour cette mer et cette plage.
– Moi je viendrais ici et je vous emmènerais avec moi, pour toujours.
Elle sourit, Ann Devéria.
– Redites-le-moi, Bartleboom. Exactement sur le même ton, je vous en prie. Redites-le-moi.

– Là-bas... le voilà, là-bas !
– Là-bas où ?
– Là... non, plus à droite, voilà, là...
– Je le vois ! Je le vois, nom de Dieu.
– Trois mâts !
– Trois mâts ?
– C'est un trois-mâts, vous ne voyez pas ?
– Trois ?

– Plasson, mais depuis quand sommes-nous ici, nous ?

123

– Depuis toujours, madame.
– Non, je vous parle sérieusement.
– Depuis toujours, madame. Sérieusement.

– Pour moi, c'est un jardinier.
– Pourquoi ?
– Il sait les noms des arbres.
– Et vous, Elisewin, comment les savez-vous ?

– Moi, cette histoire de la septième chambre, ça ne me plaît pas du tout.
– Et en quoi cela vous gêne-t-il ?
– Ça me fait peur, un homme qui ne veut pas qu'on le voie.
– Le père Pluche dit que c'est lui qui a peur.
– Et de quoi ?

– Quelquefois je me demande ce que nous sommes en train d'attendre.
Silence.
– Qu'il soit trop tard, madame.

Ç'aurait pu continuer ainsi toujours.

Livre second

LE VENTRE DE LA MER

Quatorze jours après avoir levé l'ancre de Rochefort, la frégate *L'Alliance,* de la marine française, s'échoua, en raison de l'inexpérience de son commandant et de l'imprécision des cartes, sur un banc de sable, au large de la côte du Sénégal. Les tentatives pour dégager la coque se révélèrent inutiles. Il ne restait plus qu'à abandonner le navire. Les canots disponibles ne suffisant pas pour accueillir tout l'équipage, on construisit et mit à flot un radeau long d'une quarantaine de pieds et large de la moitié. On y fit monter cent quarante-sept hommes : des soldats, des marins, quelques passagers, quatre officiers, un médecin et un ingénieur cartographe. Le plan d'évacuation du navire prévoyait que les quatre canots disponibles remorqueraient le radeau jusqu'au rivage. Cependant, peu de temps après l'abandon de l'épave de *L'Alliance,* la panique et la confusion s'emparèrent du convoi qui tentait, lentement, de gagner la côte. Par lâcheté ou par bêtise – on ne put jamais établir la vérité – les canots perdirent contact avec le radeau. Le câble de remorquage se rompit. Ou fut coupé par quelqu'un. Les canots continuèrent leur progression vers la terre et le radeau fut abandonné à lui-même. Une demi-heure plus tard à peine, entraîné par les courants, il avait déjà disparu à l'horizon.

La première chose c'est mon nom, Savigny.

La première chose c'est mon nom, la seconde c'est le regard de ceux qui nous ont abandonnés – leurs yeux, à ce moment-là – ils continuaient à fixer le radeau, incapables de regarder ailleurs, mais il n'y avait rien, dans ces regards, absolument rien, ni pitié ni haine, ni remords ni peur, rien. Leurs yeux.

La première chose c'est mon nom, la seconde ces yeux, la troisième une pensée : je vais mourir, non je ne mourrai pas. Je vais mourir non je ne mourrai pas je vais mourir non je ne mourrai pas je vais – l'eau arrive jusqu'à nos genoux, le radeau glisse sous la surface de la mer, écrasé par le trop grand poids des hommes – mourir non je ne mourrai pas je vais mourir non je ne mourrai pas – l'odeur, odeur de peur, odeur de mer, odeur de corps, le bois qui grince sous les pieds, les appels, les cordes où s'accrocher, mes vêtements, mes armes, le visage de l'homme qui – je vais mourir non je ne mourrai pas je vais mourir non je ne mourrai pas je vais mourir – tout autour les vagues, il ne faut pas penser, elle est où la terre ? qui nous emporte ? qui commande ? le vent, le courant, les prières comme des lamentations, les prières de colère, la mer qui hurle, la peur qui

La première chose c'est mon nom, la seconde ces yeux, la troisième une pensée et la quatrième c'est la nuit qui vient, les nuages qui cachent la lumière de la lune, obscurité abominable, uniquement des bruits, qui sont des hurlements et des lamentations et des prières et des blasphèmes, et la mer qui se lève et commence à briser de tous côtés cet enchevêtrement de corps – il faut se tenir à ce qu'on trouve, une corde, les planches, le bras de quelqu'un, la nuit entière, dans l'eau, sous l'eau, si seulement il y avait une lumière, n'importe quoi, elle est éternelle, cette obscurité, et insupportables sont les gémissements qui accompagnent chaque instant – mais le temps d'une seconde je me souviens, sous la gifle soudaine d'une vague, une muraille d'eau, tout à coup je me souviens, le silence, un silence à glacer d'effroi, le temps d'une seconde, et moi qui hurle, et hurle, et hurle,

La première chose c'est mon nom, la seconde ces yeux, la troisième une pensée, la quatrième c'est la nuit qui arrive, la cinquième les corps déchirés, coincés entre les planches du radeau, un homme comme un chiffon, accroché au sommet d'un pieu qui lui a défoncé le thorax et il reste là, oscillant sur la danse de la mer, dans la lumière du jour découvrant les morts que la mer a tués dans l'obscurité, l'un après l'autre on les descend de leur gibet pour les rendre à la mer qui déjà les avait pris, la mer de tous côtés, pas de terre, pas de bateau à l'horizon, rien – et c'est dans ce paysage de cadavres et de néant qu'un homme se fraie un passage au milieu des autres, et sans un mot se laisse glisser dans l'eau et commence à nager, *il s'en va,* tout simplement, et d'autres le voient et le suivent, et certains en vérité ne nagent même pas, ils se laissent juste tomber dans la mer, sans faire un geste, ils disparaissent – et les voir est même doux – avant de se donner à la mer ils s'étreignent – larmes inattendues sur le visage de certains hommes – puis ils se laissent tomber dans la mer et respirent à fond l'eau salée jusque dans leurs poumons pour que tout brûle, tout – et personne ne les arrête, personne

La première chose c'est mon nom, la seconde ces yeux, la troisième une pensée, la quatrième c'est la nuit qui vient, la cinquième ces corps déchirés, et la sixième c'est la *faim* – la faim qui grandit à l'intérieur et mord à la gorge et descend sur les yeux, cinq tonneaux de vin et un seul sac de galettes, dit Corréard, le cartographe : Nous n'y arriverons pas – les hommes se regardent, ils se guettent, c'est l'instant où l'on décide *comment* on va lutter, si on lutte, dit Lheureux, premier officier : Une ration par homme, deux verres de vin et une galette – ils se guettent, les hommes, c'est peut-être la lumière, ou la mer qui roule paresseusement, comme une trêve, ou les phrases martelées par Lheureux, debout sur un tonneau : Nous nous en sortirons, parce que nous avons en nous la haine que nous portons à ceux qui nous ont abandonnés, et nous reviendrons pour les regarder dans les yeux, et ils ne pourront plus ni dormir ni vivre ni échapper à la malédiction que nous serons pour eux, nous vivants, et eux, jour après jour et à jamais tués par leur crime – c'est peut-être cette lumière silencieuse ou la mer qui roule paresseusement, comme une trêve, mais en tout cas les hommes se taisent et le désespoir se fait douceur, ordre et calme – ils défilent devant nous l'un après l'autre, leurs mains, nos mains, une ration par tête – une absurdité, quand on y pense, au cœur de la mer, plus de cent hommes vaincus, perdus, vaincus, qui s'alignent en bon ordre, un dessin parfait dans le chaos indistinct du ventre de la mer, pour survivre, silencieusement, avec une inhumaine patience, inhumaine raison

La première chose c'est mon nom, la seconde ces yeux, la troisième une pensée, la quatrième la nuit qui vient, la cinquième ces corps déchirés, la sixième est la faim et la septième c'est l'horreur, *l'horreur,* qui éclate pendant la nuit – une autre nuit encore – l'horreur, la férocité, le sang, la mort, la haine, une horreur immonde. Ils se sont emparés d'un tonneau, et le vin s'est emparé d'eux. À la lumière de la lune, un homme lance de grands coups de hache sur les cordes du radeau, un officier tente de l'arrêter, mais eux, ils sautent sur lui et le blessent à coups de couteau, il revient vers nous couvert de sang, nous saisissons nos sabres et nos fusils, la lumière de la lune disparaît derrière les nuages, c'est difficile à expliquer, c'est un instant qui n'a pas de fin, et puis c'est une vague invisible de corps, d'armes, de hurlements qui s'abat sur nous, le désespoir aveugle qui cherche la mort, vite, qu'on en finisse, et la haine qui cherche son ennemi, vite, pour l'entraîner jusqu'en enfer –, et dans la lumière qui décline puis disparaît je me souviens de ces corps qui se jettent sur nos sabres et du claquement des coups de fusil, et le sang qui jaillit des blessures, les pieds qui glissent sur les têtes coincées entre les planches du radeau, et ces désespérés qui se traînent, les jambes brisées, jusqu'à l'un d'entre nous, et parce qu'ils n'ont plus d'armes, ils nous mordent la jambe et restent accrochés, attendant le coup et la lame qui, pour finir, vient les fracasser – je me souviens – deux des nôtres qui meurent, littéralement mis en pièces par cette bête inhumaine jaillie du néant de la nuit, et eux qui meurent par dizaines, étouffés, lacérés, qui se traînent sur le radeau en regardant, comme hypnotisés, leurs mutilations, ils invoquent les saints et ils plongent leurs mains dans les blessures des nôtres pour leur arracher les viscères – je me souviens – un homme se jette sur moi, il serre les mains autour de mon cou, et tout en essayant de m'étrangler il ne cesse de gémir « pitié, pitié, pitié », un spectacle absurde, il y a ma vie sous ses doigts, et il y a la sienne à la pointe de mon sabre, qui finit par s'enfoncer dans son flanc puis dans son ventre puis dans sa gorge puis dans sa tête qui roule à l'eau, puis dans ce qu'il reste de lui, bouillie sanglante enfoncée entre les planches du radeau, inutile pantin où mon sabre plonge encore une fois, puis deux puis trois puis quatre puis cinq

La première chose c'est mon nom,

la seconde ces yeux, la troisième une pensée, la quatrième la nuit qui vient, la cinquième ces corps déchirés, la sixième est la faim, la septième l'horreur et la huitième ce sont les fantasmes de la folie qui viennent fleurir sur cette espèce de boucherie, champ de bataille abominable lavé par les vagues, partout des corps, des morceaux de corps, des visages verts, ou jaunâtres, du sang coagulé sur des yeux sans pupilles, des blessures béantes, des bouches tailladées, comme des cadavres que la terre aurait vomis, cataclysme inextricable de morts, de mourants, chaussée pavée d'agonies encastrées dans le squelette branlant du radeau où les vivants – *les vivants* – déambulent, volant aux morts des petites choses misérables, mais surtout s'évadant l'un après l'autre dans la folie, chacun à sa manière, chacun avec les fantômes que tirent de son cerveau la faim, la soif, la peur, le désespoir. Des fantômes. Tous ceux qui voient la terre, Terre ! ou bien un bateau à l'horizon. Ils crient, et personne ne les écoute. Un qui écrit une lettre officielle de protestation à l'amirauté pour dire tout son mépris et dénoncer l'infamie, et exiger formellement... Paroles, prières, visions, un essaim de poissons volants, un nuage qui indique la direction du salut, des mères, des frères, des épouses qui apparaissent pour soigner les blessures, donner de l'eau et des caresses, un homme qui, à perdre haleine, cherche son miroir, son miroir, est-ce que quelqu'un a vu son miroir, rendez-moi mon miroir, un miroir, le mien, un autre qui bénit les mourants avec des gémissements et des blasphèmes, un autre encore qui parle à la mer, à voix basse, assis au bord du radeau, il lui parle, comme s'il voulait la séduire, presque, et il l'entend répondre, la mer répond, c'est un dialogue, le dernier, certains finissent par écouter ses réponses méchantes et, convaincus enfin, se laissent glisser dans l'eau, ils s'en remettent à la grande amie qui les avale et les emporte au loin – tandis que sur le radeau continue de courir en long et en large Léon, le petit Léon, Léon le mousse, Léon qui a douze ans, et que la folie a pris, la terreur s'est emparée de lui et il court en long et en large, d'un bout à l'autre du radeau, sans jamais cesser de lancer le même cri, maman maman maman maman, Léon au regard doux et à la peau de velours, il court comme un fou, petit oiseau dans une cage, jusqu'à se tuer, son cœur éclate, ou dieu sait quoi à l'intérieur de lui, dieu sait quoi, pour qu'il soit terrassé comme ça, d'un seul coup, avec les yeux qui roulent et dans sa poitrine une convulsion qui le secoue tout entier et pour finir le rejette immobile sur le radeau où les bras de Gilbert le recueillent – Gilbert qui l'aimait – et le serrent – Gilbert qui l'aimait et qui pleure maintenant et l'embrasse, inconsolable, étrange chose à voir, là, en plein milieu, plein milieu de l'enfer, le visage de ce vieux qui se penche sur les lèvres de cet enfant, étrange chose à voir, ces baisers, comment pourrais-je les oublier, moi qui les ai vus, ces baisers, moi sans fantômes, moi qui ai la mort sur moi, sans même la grâce d'un fantôme ou d'une folie douce, moi qui ai cessé de compter les jours mais qui sais pourtant que chaque nuit, à nouveau, la bête reviendra, elle reviendra, forcément, la bête de l'horreur, la boucherie nocturne, cette guerre que nous nous livrons, cette mort que nous répandons autour de nous pour ne pas mourir, nous qui

La première chose c'est mon nom, la seconde ces yeux, la troisième une pensée, la quatrième la nuit qui vient, la cinquième ces corps déchirés, la sixième est la faim, la septième l'horreur, la huitième les fantasmes de la folie, et la neuvième, chair aberrante, chair qui sèche sur les haubans des voiles, chair sanguinolente, chair, chair humaine, dans mes mains, sous mes dents, la chair de ces hommes que j'ai vus, qui étaient là, chair d'hommes vivants puis morts, tués, déchiquetés, emportés par la folie, la chair de ces bras et de ces jambes que j'ai vus combattre, chair détachée des os, une chair qui avait un nom et qu'à présent je dévore, fou de faim, des jours et des jours à mastiquer le cuir de nos ceintures et des morceaux de tissu, il n'y a plus rien, rien, sur ce radeau atroce, rien, de l'eau de mer et de la pisse refroidie dans des gobelets de fer-blanc, les morceaux d'étain gardés sous la langue pour ne pas devenir fou de soif, et la merde qu'on n'arrive pas à avaler, et les cordes trempées de sang et de sel comme la seule nourriture qui ait le goût de la vie, jusqu'à ce que quelqu'un, aveuglé par la faim, se penche sur le cadavre de son ami et, en pleurant et en parlant et en priant, détache un lambeau de sa chair, et comme un animal se l'emporte dans un coin et commence à le sucer puis à mordre dedans puis à vomir et de nouveau à mordre, triomphant rageusement du dégoût pour arracher à la mort une

dernière ouverture sur la vie, chemin abominable
que pourtant l'un après l'autre nous prenons, tous
égaux désormais à nous transformer en bêtes, en
chacals, muets, enfin, chacun avec son lambeau de
chair, l'âpre saveur sous les dents, les mains bar-
bouillées de sang, au ventre la morsure de cette
souffrance hallucinante, l'odeur de mort, la puan-
teur, la peau, la chair qui se défait, la chair qui
s'effiloche, qui coule en eau et en sérum, ces corps
ouverts, comme des hurlements, tables dressées
pour les animaux que nous sommes, c'est la fin de
tout, la capitulation exécrable, la défaite obscène,
la catastrophe blasphématoire, et c'est à ce
moment-là que je, que moi – moi – je lève les yeux
– lève les yeux – mes yeux – c'est alors que je lève
les yeux et que je la vois – moi – je la vois : *la mer*.
Pour la première fois, après des jours et des jours,
je la vois vraiment. Et j'entends sa voix immense, je
respire la violence de son odeur, et dessous, la danse
inépuisable, la vague infinie. Tout disparaît, et il n'y
a plus qu'elle, devant moi, en moi. Comme une
révélation. Se dilue la couche de souffrance et de
peur qui a recouvert mon âme, se défait le tissu des
infamies, des cruautés, des horreurs qui se sont
emparées de mes yeux, s'efface l'ombre de la mort
qui dévorait mon cerveau, et dans la brusque
lumière d'une clarté imprévisible je vois enfin, et
j'entends, et je comprends. La mer. Elle semblait
une spectatrice, silencieuse, et même complice. Elle
semblait un cadre, un décor, un arrière-plan. Et
maintenant je la regarde et je comprends : la mer
était tout. Elle a été tout dès le premier instant, tout.

Je la vois danser autour de moi, somptueuse dans sa lumière de glace, monstre infini et merveilleux. Elle était là, dans les mains qui tuaient, dans les morts qui mouraient, elle était là, dans la soif et dans la faim, dans l'agonie aussi elle était là, dans la lâcheté et dans la folie, elle était la haine et le désespoir, elle était la pitié et le renoncement, elle est ce sang et cette chair, elle est cette horreur et cette splendeur. Il n'y a pas de radeau, il n'y a pas d'hommes, il n'y a pas de paroles, de sentiments, de gestes, rien. Il n'y a pas de coupables ni d'innocents, de condamnés ni de sauvés. Il y a seulement la mer. Tout n'est plus que mer. Nous, abandonnés de la terre, nous sommes devenus le ventre de la mer, et le ventre de la mer c'est nous, et en nous elle vit et respire. Et moi je la regarde qui danse dans son manteau étincelant pour la joie de ses yeux à elle, invisibles, et je sais enfin que ce n'est la défaite d'aucun homme, mais seulement le triomphe de la mer, et sa gloire, tout ceci, et alors, alors, HOSANNAH, HOSANNAH, HOSANNAH POUR ELLE, la mer immense, océan mer, plus puissante que tous les puissants, plus merveilleuse que toutes les merveilles, HOSANNAH ET GLOIRE À ELLE, maîtresse et esclave, victime et bourreau, HOSANNAH, la terre s'incline sur son passage et de ses lèvres parfumées lèche les bords de son manteau, SAINTE, TROIS FOIS SAINTE, berceau de tous les nouveau-nés et ventre de toutes les morts, HOSANNAH ET GLOIRE À ELLE, le havre de tous les destins, le grand cœur qui bat, le commencement et la fin, l'horizon et la source, la souveraine du néant, la maîtresse du grand tout, HOSANNAH ET GLOIRE À ELLE, reine du temps et maîtresse des nuits, la seule et l'uni-

que, HOSANNAH car l'horizon lui appartient, et verti-
gineux est son sein, profond et insondable, ET
GLOIRE, GLOIRE, GLOIRE au plus haut des cieux car il
n'est pas de ciel qui en Elle ne se reflète et ne se
perde, et il n'est pas de terre qui à Elle ne se soumette,
Elle l'invincible, Elle la sœur chérie de la lune, la
mère attentionnée des douces marées, que devant
Elle s'inclinent tous les hommes et qu'ils lancent
vers Elle leurs chants de HOSANNAH ET GLOIRE car
Elle est en eux, et en eux grandit, et ils vivent et meu-
rent en Elle, et Elle est pour eux le secret et le but et
la vérité et la condamnation et le salut et la route uni-
que vers l'éternité, et il en est ainsi, et il continuera
d'en être ainsi, jusqu'à la fin des jours, qui sera la fin
de la mer, si la mer doit finir, Elle, la Sainte, la Seule
et l'Unique, l'Océan Mer, et que pour Elle on chante
HOSANNAH ET GLOIRE jusqu'à la fin des siècles. AMEN.
Amen.
Amen.
Amen.
Amen.
Amen.
Amen.
Amen.
Amen.
Amen.
Amen.
La première
        la première chose c'est mon nom,
                                la pre-
mière chose c'est mon nom, la seconde ces yeux,
                                        la

138

première chose c'est mon nom, la seconde ces yeux, la troisième une pensée, la quatrième la nuit qui vient,

la première chose c'est mon nom, la seconde ces yeux, la troisième une pensée, la quatrième la nuit qui vient, la cinquième ces corps déchirés, la sixième est la faim,

la première chose c'est mon nom, la seconde ces yeux, la troisième une pensée, la quatrième la nuit qui vient, la cinquième ces corps déchirés, la sixième la faim, la septième l'horreur, la huitième les fantasmes de la folie

la première chose c'est mon nom, la seconde ces yeux, la troisième une pensée, la quatrième la nuit qui vient, la cinquième ces corps déchirés, la sixième c'est la faim, la septième l'horreur, la huitième les fantasmes de la folie, la neuvième c'est la chair et la dixième c'est un homme qui me regarde et ne me tue pas. Il s'appelle Thomas. D'eux tous, il était le plus fort. Parce qu'il était malin. Nous n'avons pas réussi à le tuer. Lheureux a essayé, la première nuit. Corréard a essayé. Mais il a sept vies, cet homme. Autour de lui, ils sont tous morts, tous ses compagnons. Nous sommes restés quinze sur le radeau. Dont lui. Il s'est tenu longtemps dans le coin le plus éloigné de nous. Puis il a commencé à ramper, lentement, et à s'approcher. Chaque mouvement est un impossible effort, je le sais, moi qui suis immobile ici, depuis la dernière nuit, et qui ai décidé d'y mourir. Chaque parole est un effort abominable et chaque mouvement une insurmontable fatigue. Mais lui, il conti-

139

nue de s'approcher. Il a un couteau à la ceinture. Et c'est moi qu'il veut. Je le sais.

J'ignore combien de temps s'est écoulé. Il n'y a plus de jours, il n'y a plus de nuits, tout n'est que silence immobile. Nous sommes un cimetière à la dérive. J'ai ouvert les yeux et il était là. Je ne sais pas si c'est un cauchemar ou si c'est vrai. C'est peut-être simplement la folie, une folie qui finalement est venue me prendre. Mais si c'est la folie, elle fait mal, elle n'est nullement douce. J'aimerais qu'il fasse quelque chose, cet homme. Mais il continue à me regarder, c'est tout. Il n'aurait qu'un pas à faire, et il serait sur moi. Je n'ai plus d'arme. Lui, il a un couteau. Je n'ai plus de forces, rien. Lui, il a dans les yeux le calme et la force d'un animal en chasse. Incroyable qu'il soit encore capable de haine, ici, dans cette geôle abjecte à la dérive, où il n'y a plus que la mort maintenant. Incroyable qu'il soit capable de se souvenir. Si seulement j'arrivais à parler, si seulement il y avait encore un peu de vie en moi, je lui dirais que j'étais obligé de faire ça, qu'il n'y a pas de pitié dans cet enfer, qu'il n'y a pas de faute, et qu'il n'y a ni lui ni moi mais seulement *la mer,* l'océan mer. Je lui dirais de cesser de me regarder, et de me tuer. S'il te plaît. Mais je n'arrive pas à parler. Lui, il reste là, sans détacher ses yeux de moi. Et il ne me tue pas. Quand tout cela finira-t-il ?

Il y a un silence abominable, sur le radeau et partout. Plus personne ne gémit. Les morts sont morts, les vivants attendent, c'est tout. Pas de prières, pas de cris, rien. La mer danse, mais doucement, on dirait un adieu, à mi-voix. Je ne sens plus ni la faim ni la soif ni la souffrance. Tout n'est qu'une immense fatigue. J'ouvre les yeux. L'homme est toujours là. Je les referme. Tue-moi, Thomas, ou laisse-moi mourir en paix. Tu es vengé maintenant. Va-t'en. Tourne ton regard vers la mer. Moi, je ne suis plus rien. Elle ne m'appartient plus, mon âme, elle ne m'appartient plus, ma vie, ne me vole pas, avec ces yeux-là, ma mort.

La mer danse, mais doucement.

Pas de prières, pas de gémissements, rien.

La mer danse, mais doucement.

Va-t-il me regarder mourir ?

On m'appelle Thomas. Et ceci est l'histoire d'une infamie. Je l'écris dans ma tête, en ce moment, avec toutes les forces qui me restent, les yeux fixés sur cet homme qui n'aura jamais mon pardon. C'est la mort qui la lira.

L'Alliance était un fort et grand bateau. Jamais la mer ne l'aurait vaincu. Il faut trois mille chênes pour construire un bateau comme celui-là. Une forêt flottante. C'est l'imbécillité des hommes qui l'a perdu. Le capitaine Chaumareys consultait les cartes et mesurait la hauteur des fonds. Mais il ne savait pas lire la mer. Il ne savait pas lire ses couleurs. *L'Alliance* s'en alla finir sur le banc d'Arguin sans que personne ne soit capable de l'arrêter.

Étrange naufrage : on entendit comme un gémissement sourd monter des entrailles de la coque puis le bateau s'immobilisa, légèrement couché sur le flanc. Immobile. Pour toujours. J'ai vu des navires magnifiques lutter contre des tempêtes féroces, et j'en ai vu quelques-uns rendre les armes, et disparaître au milieu de vagues hautes comme des châteaux. C'était comme un duel. Superbe. Mais *L'Alliance,* lui, n'a pas pu livrer bataille. Une fin silencieuse. Il y avait une grande mer quasiment plate, tout autour. Son ennemi, il était en lui, pas devant. Et toute sa force n'était rien, avec un ennemi pareil. J'en ai vu beaucoup, des vies, faire naufrage de cette manière absurde. Mais des bateaux, jamais.

La coque commençait à craquer. Ils décidèrent d'abandonner *L'Alliance* à lui-même, et ils construisirent ce radeau. Il puait la mort avant même qu'on le mette à l'eau. Les hommes le sentaient, et se bousculaient autour des canots, pour échapper à ce piège. Il fallut pointer les fusils sur eux pour les y faire monter. Le commandant promit et jura qu'on n'allait pas les abandonner, que les canots remorqueraient le radeau, qu'il n'y avait aucun danger. Et ils se retrouvèrent entassés comme des animaux, sur cette grande barque sans rebord, sans dérive, sans gouvernail. Et j'étais parmi eux. Il y avait des soldats et des marins. Quelques passagers. Et puis quatre officiers, un cartographe, et un médecin nommé Savigny : ils s'installèrent au centre du radeau, là ils avaient placé les vivres, le peu qui ne s'était pas perdu en mer dans la confusion du transbordement.

Ils étaient debout sur un caisson : et nous, nous étions autour d'eux, avec de l'eau jusqu'aux genoux parce que le radeau s'enfonçait sous notre poids. Dès cet instant, j'aurais dû comprendre.

Il m'est resté de ces moments-là une image. Schmaltz. Le gouverneur Schmaltz, celui qui devait prendre possession, au nom du roi, des nouvelles colonies. Ils le descendirent le long du flanc tribord, assis dans son fauteuil. Le fauteuil, velours et or, et lui assis dedans, impassible. Ils les descendirent comme ils auraient descendu une statue. Nous, sur ce radeau, encore amarrés à *L'Alliance,* mais luttant déjà contre la mer et la peur. Et lui, là, qui descendait, suspendu dans le vide, vers son canot, séraphique, comme ces anges qui descendent des cintres dans les théâtres des villes. Se balançant, lui et son fauteuil, comme un pendule. Et je pensai alors : il se balance comme un pendu dans la brise du soir.

Je ne sais pas à quel moment précis ils nous ont abandonnés. Je luttais pour rester debout et garder Thérèse près de moi. Mais j'entendis des cris, puis des coups de fusil. Je levai les yeux. Et par-dessus des dizaines de têtes qui ondoyaient, et des dizaines de mains qui fendaient l'air, je vois la mer, et les canots au loin, et entre eux et nous, rien. Je regardais sans y croire. Je savais qu'ils ne reviendraient pas. Nous étions entre les mains du hasard. Seule la chance aurait pu nous sauver. Mais la chance, les vaincus n'en ont jamais.

Thérèse était une jeune fille. Je ne sais pas vraiment quel était son âge. Mais elle avait l'air d'une jeune fille. Quand j'étais à Rochefort et que je travaillais sur le port, elle passait en portant des paniers de poissons, et elle me regardait. Elle me regarda jusqu'à ce que je tombe amoureux d'elle. Elle était tout ce que j'avais, là-bas. Ma vie, pour autant qu'elle vaille quelque chose, et elle. Quand je m'enrôlai dans l'expédition vers les nouvelles colonies, je parvins à la faire engager comme cantinière. Et c'est ainsi que nous partîmes, embarqués tous deux à bord de *L'Alliance*. Ça ressemblait à un jeu. Quand j'y repense, ces premiers jours, ça ressemblait à un jeu. Si je sais ce que ça veut dire, être heureux, pendant ces nuits-là nous l'étions. Lorsque je me retrouvai au nombre de ceux qui devaient monter sur le radeau, Thérèse voulut venir avec moi. Elle aurait pu monter dans un canot, mais elle voulut venir avec moi. J'essayai de la persuader de ne pas faire cette folie, que nous nous retrouverions à terre, qu'elle ne devait pas avoir peur. Mais elle refusa de m'écouter. Il y avait des hommes grands et forts comme des rocs, qui pleurnichaient, qui suppliaient pour avoir une place dans ces canots maudits, qui sautaient du radeau, au risque de se faire tuer, pour échapper à ça. Et elle, sans un mot, elle monta sur le radeau, cachant toute la peur qu'elle avait. Elles font des choses quelquefois, les femmes, ça vous tue. Toi, même dans une vie entière, tu ne serais pas capable un seul instant d'avoir cette légèreté qu'elles ont, elles, quelquefois. Elles sont légères de l'intérieur. De l'intérieur.

Les premiers moururent pendant la nuit, emportés en mer par les vagues qui balayaient le radeau. On entendait, dans l'obscurité, leurs cris qui s'éloignaient peu à peu. À l'aube, il manquait une dizaine d'hommes. Certains gisaient coincés entre les planches du radeau, piétinés par les autres. Les quatre officiers, avec Corréard, le cartographe, et Savigny, le médecin, prirent la situation en main. Ils avaient les armes. Et le contrôle des vivres. Les hommes se fiaient à eux. Lheureux, un des officiers, fit même un beau discours, il fit installer une voile et dit Elle nous portera jusqu'à terre et là nous poursuivrons ceux qui nous ont trahis et abandonnés, et nous ne nous arrêterons pas tant qu'ils n'auront pas goûté à notre vengeance. Il prononça vraiment ces mots-là : tant qu'ils n'auront pas goûté à notre vengeance. Il ne ressemblait pas à un officier, d'ailleurs. On aurait dit l'un d'entre nous. Les hommes s'exaltèrent, en entendant ces paroles. Tous, nous pensions que les choses finiraient de cette manière-là. Il s'agissait seulement de tenir bon et de ne pas avoir peur. La mer s'était calmée. Un vent léger gonflait notre voile de fortune. Chacun d'entre nous reçut sa ration pour boire et manger. Thérèse me dit : On s'en sortira. Et je lui répondis : Oui.

C'est au coucher du soleil que les officiers, sans dire un mot, firent tomber du caisson un des trois tonneaux de vin, et le laissèrent rouler au milieu de nous. Ils ne bougèrent pas le petit doigt quand certains se jetèrent dessus pour l'ouvrir et commencèrent à boire. Les hommes se précipitèrent vers le tonneau, il y avait une grande confusion, ils voulaient tous boire de ce vin, et moi je ne comprenais pas. Je restai immobile, gardant Thérèse près de moi. Il y avait quelque chose d'étrange, dans tout

145

ça. Puis on entendit des cris, et les coups de hache de quelqu'un essayant de couper les cordes qui maintenaient le radeau. Ce fut comme un signal. Une lutte sauvage se déchaîna. Il faisait nuit, la lune ne sortait des nuages que par intermittence. J'entendais les fusils tirer, et dans ces brusques éclairs de lumière je voyais, comme des apparitions, des hommes qui se jetaient les uns contre les autres, et des cadavres, et des sabres qui frappaient à l'aveuglette. Des cris, des cris de fureur, et des gémissements. Je n'avais qu'un couteau : celui que je vais planter dans le cœur de cet homme qui n'a plus la force de s'échapper. Je m'en emparai, mais je ne savais pas où était l'ennemi, je ne voulais pas tuer, je ne comprenais pas. Puis la lune, à nouveau, reparut, et je vis : un homme désarmé qui se serrait contre Savigny, le médecin, et qui criait pitié pitié pitié, et il criait encore quand un premier coup de sabre lui entra dans le ventre, puis un second, puis un troisième... Je le vis s'écrouler. Je vis le visage de Savigny. Et je compris. Où était l'ennemi. Et que l'ennemi avait gagné.

Quand la lumière revint, dans une aube atroce, il y avait sur le radeau des dizaines de cadavres, affreusement mutilés, et partout des hommes à l'agonie. Autour du caisson, une trentaine d'hommes armés veillaient sur les vivres. Dans les yeux des officiers il y avait une sorte d'assurance euphorique. Ils parcouraient le radeau, sabre à la main, tranquillisant les vivants et jetant à l'eau les moribonds. Personne n'osait rien dire. La terreur et le désarroi de cette nuit de haine rendaient tout le

146

monde muet et paralysé. Personne n'avait encore compris, vraiment, ce qui s'était passé. Moi je regardais tout cela, et je pensais : si ça continue ainsi, nous n'avons aucun espoir. L'officier le plus ancien s'appelait Dupont. Il passa près de moi, dans son uniforme blanc souillé de sang, dégoisant quelque chose à propos des devoirs des soldats et je ne sais quoi encore. Dans sa main, il tenait un pistolet, et son sabre était au fourreau. Un instant, il me tourna le dos. Je savais qu'il ne me donnerait pas une autre chance. Sans même avoir eu le temps de crier, il se retrouva immobilisé, un couteau sur la gorge. Sur le caisson, les autres pointèrent d'instinct leurs fusils sur nous. Ils auraient peut-être tiré, mais Savigny leur cria d'arrêter. Et c'est moi alors, dans le silence, qui parlai, appuyant toujours le couteau sur la gorge de Dupont. Et je leur dis : Ils sont en train de nous tuer l'un après l'autre. Et ils continueront jusqu'à ce qu'il ne reste plus qu'eux. Cette nuit, ils vous ont fait boire. Mais la nuit prochaine ils n'auront pas besoin de prétexte ou d'alibi. Ils ont les armes et nous ne sommes plus très nombreux. Dans l'obscurité, ils feront ce qu'ils voudront. Croyez-moi ou non, c'est la vérité. Il n'y a pas assez de vivres pour tout le monde, et ils le savent. Ils ne laisseront pas en vie un seul homme qui ne leur serait pas utile. Croyez-moi ou non, mais c'est la vérité.

Autour de moi les hommes restèrent comme assommés. La faim, la soif, la bataille de la nuit, cette mer qui n'arrêtait pas de danser... Ils essayaient de réfléchir, ils cherchaient à comprendre. C'est difficile de se faire à l'idée, perdus comme

147

ils l'étaient, luttant contre la mort, qu'il faut se découvrir un autre ennemi, encore plus insidieux : des hommes comme toi. Contre toi. Ça avait quelque chose d'absurde. Et pourtant c'était vrai. L'un après l'autre, ils se serrèrent autour de moi. Savigny criait des menaces et des ordres. Mais personne ne l'écoutait. Une guerre commençait, complètement absurde, sur ce radeau perdu au milieu de la mer. Nous leur rendîmes Dupont vivant, en échange d'un peu de vivres et de quelques armes. Nous nous serrâmes dans un coin du radeau. Et nous attendîmes la nuit. Je gardais Thérèse près de moi. Elle continuait à me dire : je n'ai pas peur. Je n'ai pas peur. Je n'ai pas peur.

Cette nuit-là, et les autres qui suivirent, je ne veux pas m'en souvenir. Une boucherie méticuleuse et savante. Plus le temps passait, plus il devenait nécessaire, pour survivre, d'être en petit nombre. Et eux, scientifiquement, ils tuaient. Il y avait quelque chose qui me fascinait dans cette lucidité calculatrice, dans cette intelligence sans pitié. Il fallait un cerveau extraordinaire pour ne pas perdre, dans ce désespoir, le fil logique de cette extermination. Dans les yeux de cet homme qui me regarde en ce moment comme si j'étais un songe, j'ai lu, moi, des milliers de fois, avec haine et admiration, les signes d'un génie abominable.

Nous tentions de nous défendre. Mais c'était impossible. Les faibles ne peuvent que fuir. Et d'un radeau perdu au beau milieu de la mer, on ne peut pas s'enfuir. Le jour, c'était la bataille contre la faim, le désespoir, la folie. Puis la nuit tombait, qui rallumait cette guerre de plus en plus lasse, de plus en plus exténuée, faite de gestes à chaque fois plus lents, menée par des assassins moribonds, et des fauves à l'agonie. À l'aube, de nouveaux morts entretenaient l'espoir des vivants et leur abominable plan de salut. Je ne sais pas combien de temps tout cela a duré. Mais il fallait bien que cela finisse, tôt ou tard, d'une manière ou d'une autre. Et la fin arriva. La fin de l'eau, du vin, du peu qui restait encore à manger. Aucun bateau n'était venu nous sauver. Ce n'était plus le temps des calculs. Il n'y avait plus rien à propos de quoi s'entretuer. Je vis deux officiers jeter leurs armes à l'eau et se laver des heures durant, obsessionnellement, dans l'eau de la mer. Ils voulaient mourir innocents. C'était tout ce qu'il restait de leur ambition et de leur intelligence. Tout ça pour rien. Ce massacre, leur infamie, notre colère. Tout ça, absolument pour rien. Il n'y a pas d'intelligence, pas de courage qui puisse changer un destin. Je me souviens d'avoir cherché le visage de Savigny. Et d'avoir vu, enfin, le visage d'un vaincu. À présent, je sais que même à l'instant de basculer dans la mort, les visages des hommes continuent de mentir.

Cette nuit-là, j'ouvris les yeux, réveillé par un bruit, et dans la lumière incertaine de la lune j'entrevis la silhouette d'un homme, debout devant moi. Instinctivement, je pris mon couteau et le pointai dans sa direction. L'homme s'arrêta. Je ne savais pas si c'était un rêve, un cauchemar ou autre chose. Il fallait que j'arrive à ne pas fermer les yeux. Je restai là, immobile. Quelques instants, quelques minutes, je ne sais pas. Puis l'homme se tourna. Et je vis deux choses. Son visage, et c'était celui de Savigny, et un sabre qui fendait l'air et plongeait vers moi. Ce fut l'espace d'un instant. Je ne savais pas si c'était un rêve, un cauchemar ou autre chose. Je ne sentais pas de douleur, rien. Il n'y avait pas de sang sur moi. L'homme disparut. Je restai sans bouger. Puis, quelque temps après, je me retournai, et je vis : Thérèse était là, étendue près de moi, avec une blessure qui lui ouvrait la gorge, et ses yeux exorbités qui me regardaient, stupéfaits. Non. Ça ne pouvait pas être vrai. Non. Maintenant que tout était fini. Pourquoi ? C'est un rêve, un cauchemar, il ne peut pas avoir fait ça. Non. Pas maintenant. Pourquoi maintenant, pourquoi ?

– Mon amour, adieu.
– Oh non, non, non, non.
– Adieu.
– Tu ne vas pas mourir, je te le jure.
– Adieu.
– Je t'en supplie, tu ne vas pas mourir...
– Laisse-moi.
– Tu ne vas pas mourir.
– Laisse-moi.
– Nous allons être sauvés, il faut que tu me croies.
– Mon amour.
– Ne meurs pas...
– Mon amour.
– Ne meurs pas. Ne meurs pas. Ne meurs pas.

On entendait, très fort, le bruit de la mer. Fort comme jamais je ne l'avais entendu. Je la pris dans mes bras et me traînai jusqu'au bord du radeau. Je la fis glisser dans l'eau. Je ne voulais pas qu'elle reste dans cet enfer. Et puisqu'il n'y avait pas un seul pied de terre, là, pour qu'elle y repose en paix, alors, que la profonde mer la prenne avec elle. Jardin immense des morts, sans limites et sans croix. Elle glissa au loin, comme une vague, seulement plus belle que les autres.

Je ne sais pas. C'est difficile d'expliquer tout ça. Si j'avais la vie devant moi, je la passerais peut-être à raconter cette histoire, sans m'arrêter, jamais, des milliers de fois, jusqu'à ce qu'un jour je comprenne. Mais je n'ai devant moi qu'un homme qui attend mon couteau. Et puis la mer, la mer, la mer.

La seule personne qui m'ait vraiment enseigné quelque chose, un vieux bonhomme qui s'appelait Darrell, disait toujours qu'il y a trois sortes d'hommes : ceux qui vivent devant la mer, ceux qui vont sur la mer, et ceux qui réussissent à en revenir, de la mer, vivants. Et il disait : Tu seras surpris de voir lesquels sont les plus heureux. J'étais un gamin, en ce temps-là. L'hiver, je regardais les bateaux tirés au sec, posés sur d'énormes béquilles de bois, la coque à l'air et leur dérive fendant le sable comme une lame inutile. Et je pensais : je ne resterai pas ici. Je veux aller sur la mer. Parce que s'il y a dans ce monde quelque chose de vrai, c'est là-bas. J'y suis maintenant, là-bas, au plus profond du ventre de la mer. Si je suis encore en vie, c'est parce que j'ai tué sans pitié, parce que je mange cette chair prise sur les cadavres de mes compagnons, parce que j'ai bu de leur sang. J'ai vu une infinité de choses qui, des rivages de la mer, sont invisibles.

J'ai vu ce qu'est vraiment le désir, et ce qu'est la peur. J'ai vu des hommes craquer, et devenir des petits garçons. Puis changer à nouveau, et se transformer en bêtes féroces. J'ai vu rêver des songes merveilleux, et j'ai entendu les plus belles histoires de ma vie, racontées par des hommes ordinaires, un instant avant qu'ils ne se jettent à la mer et disparaissent à jamais. J'ai lu dans le ciel des signes que je ne connaissais pas et fixé l'horizon avec un regard que je ne me savais pas posséder. Ce qu'est la haine, véritablement, je l'ai compris sur ces planches ensanglantées, avec l'eau de la mer qui vient y pourrir les blessures. Et ce qu'est la pitié, je ne le savais pas avant d'avoir vu nos mains d'assassins caresser des heures durant les cheveux d'un compagnon qui n'arrivait pas à mourir. J'ai vu la férocité, avec les moribonds qu'on poussait à coups de pied hors du radeau, j'ai vu la douceur, dans les yeux de Gilbert qui embrassait son petit Léon, j'ai vu l'intelligence, dans les gestes avec lesquels Savigny ciselait son massacre, et j'ai vu la folie, dans ces deux hommes qui, un matin, ont ouvert leurs ailes et se sont envolés, dans le ciel. Dussé-je encore vivre mille ans, qu'amour serait à jamais le nom du poids si léger de Thérèse entre mes bras, avant qu'elle ne glisse au milieu des vagues. Et destin serait le nom de cet océan mer, infini et superbe. Je ne me trompais pas, là-bas sur le rivage, pendant ces hivers-là, quand je pensais que la vérité était ici. J'ai mis des années à descendre au fond du ventre de la mer. Mais ce que je cherchais, je l'ai trouvé. Les choses qui sont vraies. Même celle-ci, de toutes, la plus insupportablement et atrocement vraie. C'est un miroir, cette mer. Ici, dans son ventre, je me suis vu moi-même. Je me suis vu vraiment.

Je ne sais pas. Si j'avais une vie devant moi – moi qui vais bientôt mourir –, je la passerais à raconter cette histoire, sans m'arrêter, jamais, des milliers de fois, pour comprendre le sens de tout ça, que la vérité ne se révèle finalement que dans l'horreur, et qu'il nous ait fallu pour l'atteindre passer par cet enfer, qu'il ait fallu pour la voir nous détruire les uns les autres, pour la posséder nous transformer en bêtes féroces, pour la débusquer être brisés par la douleur. Et que pour être vrais, il nous ait fallu mourir. Pourquoi ? Pourquoi les choses ne deviennent-elles vraies que sous la morsure du désespoir ? Qui a fait le monde ainsi, que la vérité doive se tenir dans la part obscure, et que les marécages inavouables d'une humanité reniée soient l'unique et répugnant terreau où pousse ce qui est seul à n'être pas mensonge ? Et enfin : quelle vérité est-ce donc là, qui pue le cadavre, qui vit dans le sang, qui se nourrit de la douleur, et croît là où l'homme s'humilie, triomphe là où l'homme pourrit ? *De qui* est-ce la vérité ? Est-ce une vérité *pour nous* ? Là-bas, sur le rivage, pendant tous ces hivers, j'imaginais une vérité comme une paix, comme un refuge, comme un soulagement, une clémence, une douceur. C'était une vérité faite pour nous. Qui nous attendait, et se pencherait sur nous, comme une mère retrouvée. Mais ici, dans le ventre de la mer, j'ai vu la vérité faire son nid, méticuleuse et parfaite : et ce que j'ai vu, c'est un oiseau rapace, magnifique dans son vol, et féroce. Je ne sais pas. Mais ce n'était pas à ça que je rêvais, l'hiver, quand je rêvais d'elle.

Darrell, lui, était un de ceux qui en étaient revenus. Il avait vu le ventre de la mer, il y était allé, mais il en était revenu. C'était un homme chéri par le ciel, disaient les gens. Il avait survécu à deux naufrages, et ils disaient que la seconde fois, il avait fait plus de trois milles sur une barque de rien du tout, pour retrouver la terre. Des jours et des jours dans le ventre de la mer. Et il en était revenu. Et c'est pourquoi les gens disaient : Darrell est un sage, Darrell a vu, Darrell sait. Moi, je restais des journées entières à l'écouter parler : mais du ventre de la mer, jamais il ne me parla. Il n'avait pas envie d'en parler. Ni que les gens le voient comme un savant et un sage. Et surtout, il ne supportait pas que quelqu'un puisse dire que lui, avait été un homme *sauvé.* Il ne pouvait pas *entendre* ce mot-là : *sauvé.* Il baissait la tête, et il fermait à demi les yeux, d'une manière qu'on ne pouvait pas oublier. Je le regardais, dans ces moments-là, et je n'arrivais pas à donner un nom à ce que je lisais sur son visage et qui, je le savais, était son secret. Des milliers de fois, j'ai frôlé ce nom. Ici, sur ce radeau, dans le ventre de la mer, je l'ai trouvé. Et je sais à présent que Darrell était un homme savant et sage. Un homme qui avait vu. Mais, avant toute chose, et au plus profond de chacun de ses instants, c'était un homme – *inconsolable.* C'est ça, ce que m'a enseigné le ventre de la mer. Que celui qui a vu la vérité en restera à jamais *inconsolable.* Et que n'est véritablement *sauvé* que celui qui n'a jamais été en péril. Il pourrait même arriver un bateau, maintenant, à l'horizon, qui accourrait sur les vagues jusqu'ici, qui arriverait l'instant d'avant notre mort pour nous emporter avec lui, et nous faire revenir, vivants, vivants : ce n'est pas ça qui pourrait, véritablement, nous sauver. Quand bien même nous retrouverions une terre, quelle qu'elle soit, il n'y aurait plus jamais aucun salut possible pour nous. Ce que nous avons vu restera dans nos yeux, ce que nous avons fait restera sur nos mains, ce que nous avons entendu restera dans notre âme. Et pour toujours, nous qui avons connu ce qui est vrai, pour toujours, nous les fils de l'horreur, pour toujours, nous les rescapés du ventre de la mer, pour toujours, nous les savants et les sages, pour toujours nous serons inconsolables.

Inconsolables.

Inconsolables.

Il y a un grand silence, sur le radeau. Savigny, de temps en temps, ouvre les yeux et me regarde. Nous sommes si près de la mort, nous sommes si profondément dans le ventre de la mer, que nos visages eux-mêmes ne parviennent plus à mentir. Le sien est tellement vrai. La peur, la fatigue et le dégoût. Dieu sait ce qu'il lit sur le mien, lui. Il est si proche à présent que je sens quelquefois son odeur. Je me traînerai jusqu'à lui, et avec mon couteau je lui ouvrirai le cœur. Quel duel étrange. Pendant des jours, sur un radeau livré à la mer, parmi toutes les morts possibles, nous avons continué à nous poursuivre et à nous frapper. De plus en plus épuisés, de plus en plus lents. Et cette dernière estocade, à présent, semble éternelle. Mais elle ne le sera pas.

155

Je le jure. Que nul destin ne s'illusionne : aussi omnipotent soit-il, il n'arrivera pas à temps pour arrêter ce duel. Savigny ne mourra pas avant d'être tué. Et c'est moi, avant de mourir, qui le tuerai. C'est tout ce qu'il me reste : le poids si léger de Thérèse, gravé au creux de mes bras comme une empreinte indélébile, et le besoin, le désir, d'une quelconque justice. Que cette mer le sache, je l'aurai. Que toute mer le sache, j'arriverai avant. Et ce ne sera pas dans ses vagues que Savigny paiera : ce sera entre mes mains.

Il y a un grand silence, sur le radeau. On entend uniquement, très fort, le bruit de la mer.

La première chose c'est mon nom, la seconde ces yeux, la troisième une pensée, la quatrième la nuit qui vient, la cinquième ces corps déchirés, la sixième c'est la faim, la septième l'horreur, la huitième les fantasmes de la folie, la neuvième est la chair et la dixième est un homme qui me regarde et ne me tue pas.

La dernière, c'est une voile.

Blanche. À l'horizon.

Livre troisième

LES CHANTS DU RETOUR

1. ELISEWIN

En équilibre sur le bord de la terre, à un pas de la mer déchaînée, reposait, immobile, la pension Almayer, plongée dans l'obscurité de la nuit comme un portrait, gage d'amour, dans l'obscurité d'un tiroir.

Bien que le dîner fût depuis longtemps terminé, tous, inexplicablement, s'attardaient encore dans la grande pièce à la cheminée. La furie de la mer, dehors, inquiétait les cœurs et brouillait les idées.

– Je ne veux pas dire, mais ce serait peut-être bien de...

– Restez tranquille, Bartleboom. Généralement, les pensions ne font pas naufrage.

– Généralement ? Qu'est-ce que ça veut dire, *généralement* ?

Mais le plus curieux à voir, c'était les enfants. Tous là, le nez écrasé contre les vitres, étrangement muets, guettant la nuit dehors : Dood, qui vivait sur le rebord de la fenêtre de Bartleboom, et puis Ditz, qui offrait des rêves au père Pluche, et Dol, qui voyait les bateaux pour Plasson. Et Dira. Et aussi la petite fille, très jolie, qui dormait dans le lit d'Ann Devéria et que personne, ailleurs dans la pension, n'avait jamais vue. Tous là, hypnotisés par on ne savait quoi, silencieux et inquiets.

– Ils sont comme les petits animaux, croyez-moi. Ils sentent le danger. C'est l'instinct.

– Plasson, si vous vous occupiez un peu de tranquilliser votre ami...

– Moi je dis que cette petite fille est merveilleuse...

– Essayez donc vous-même, madame.

– Je n'ai absolument pas besoin que qui que ce soit prenne la peine de me tranquilliser car je suis parfaitement tranquille.

– Tranquille ?

– Parfaitement.

– Elisewin... n'est-ce pas qu'elle est très jolie ? On dirait...

– Père Pluche, il faut que tu cesses de toujours regarder les femmes.

– Ce n'est pas une femme...

– Si, c'est une femme...

– Elle est petite, tout de même...

– Je dirais que le bon sens me dicte une sainte prudence avant de considérer...

– Ce n'est pas du bon sens, ça. C'est simplement de la peur.

– Ce n'est pas vrai.

– Si.

– Non.

– Bien sûr que si.

– Bien sûr que non.

– Ah, ça suffit. Vous seriez capables de continuer pendant des heures. Moi, je me retire.

– Bonne nuit, madame, dirent-ils tous.

– Bonne nuit, répondit un peu distraitement Ann Devéria. Mais elle ne se leva pas de son fauteuil. Elle ne changea même pas de position. Elle resta là, immobile. Comme si rien ne s'était passé. Vraiment : c'était une nuit tout à fait bizarre.

Peut-être qu'à la fin, ils se seraient tous pliés à la normalité d'une simple nuit, l'un après l'autre, et seraient montés dans leurs chambres, et se seraient peut-être même endormis, malgré ce fracas infatigable de la mer déchaînée, chacun emmitouflé dans ses rêves, ou caché dans un sommeil sans paroles. Peut-être qu'à la fin, ça aurait pu devenir une simple nuit. Mais ce ne fut pas le cas.

La première à détacher ses yeux de la vitre, se retourner brusquement et courir hors de la pièce, ce fut Dira. Les autres enfants la suivirent, sans un mot. Plasson, ahuri, regarda Bartleboom qui ahuri regarda le père Pluche qui ahuri regarda Elisewin qui ahurie regarda Ann Devéria qui continua à regarder devant elle. Mais avec une imperceptible surprise. Quand les enfants revinrent dans le salon, ils portaient des lanternes. Dira se mit à les allumer, l'une après l'autre, avec une frénésie étrange.

– Il est arrivé quelque chose ? demanda poliment Bartleboom.

– Prenez ça, lui répondit Dood, en lui tendant une lanterne allumée. – Et vous, Plasson, prenez celle-ci, vite.

Impossible d'y comprendre quoi que ce soit. Cha-

cun se retrouva avec à la main une lanterne allumée.
Nul ne donnait d'explications, les enfants couraient
de long en large, comme dévorés par une angoisse
incompréhensible. Le père Pluche regardait, hyp-
notisé, la petite flamme de sa lanterne. Bartleboom murmurait de vagues phonèmes de protestation. Ann Devéria se leva de son fauteuil. Elisewin
eut conscience qu'elle tremblait. Ce fut alors que
s'ouvrit en grand la porte vitrée donnant sur la
plage. Comme catapulté à travers le salon, un vent
furibond se mit à courir autour des gens et des choses. Les visages des enfants s'éclairèrent. Et Dira,
alors, dit
– Vite... par ici !
Elle sortit en courant par la porte grande ouverte,
sa lanterne à la main.
– Allez... sortez, sortez d'ici !
Ils criaient, les enfants. Mais pas de peur. Ils criaient
pour vaincre ce tumulte de mer et de vent. Mais il
y avait une sorte de joie – inexplicable joie – qui
tintait dans leur voix.
Bartleboom en resta rigidifié, debout, au milieu de
la pièce, complètement désorienté. Le père Pluche
se tourna vers Elisewin : il vit sur son visage une
pâleur impressionnante. Madame Devéria ne dit
rien mais prit sa lanterne et suivit Dira. Plasson
courut derrière elle.
– Elisewin, il vaut mieux que tu restes ici.
– Non.
– Elisewin, écoute-moi un instant...
Bartleboom prit machinalement son manteau et sor-

164

tit en courant, marmonnant quelque chose pour lui-même.

– Elisewin…

– Allons-y.

– Non, écoute-moi… je ne suis pas du tout sûr que tu…

Ce fut la petite fille qui revint en arrière – la petite fille très jolie – et qui prit sans dire un mot Elisewin par la main, en lui souriant.

– J'en suis sûre, père Pluche.

Elle avait la voix qui tremblait. Mais qui tremblait de force, et de désir. Pas de peur.

La pension Almayer resta en arrière, avec sa porte qui battait dans le vent, et ses lumières qui diminuaient peu à peu dans l'obscurité. Comme des étincelles balayées d'un brasier, dix petites lanternes couraient le long de la plage, dessinant dans la nuit des hiéroglyphes amusants et secrets. La mer, invisible, faisait un remue-ménage incroyable. Le vent soufflait, chamboulant le monde, les paroles, les visages, les pensées. Merveilleux vent. Et océan mer.

– J'exige de savoir où diable nous allons !

– Hein ?

– OÙ DIABLE EST-CE QUE NOUS ALLONS ?

– Tenez bien haut cette lanterne, Bartleboom !

– La lanterne !

– Eh, mais faut-il vraiment courir aussi vite ?

– Ça faisait des années que je n'avais pas couru…

– Des années que quoi ?

– DES ANNÉES QUE JE N'AVAIS PAS COURU.

– Tout va bien, monsieur Bartleboom ?

165

– Dood, nom de dieu…
– Elisewin !
– Je suis là, je suis là.
– Reste près de moi, Elisewin.
– Je suis là.
Merveilleux vent. Océan mer.
– Savez-vous ce que je pense ?
– Comment ?
– À mon avis c'est pour les bateaux. LES BATEAUX.
– Les bateaux ?
– Ça se fait quand il y a de la tempête… on allume des feux sur la côte pour les bateaux… pour qu'ils n'aillent pas s'échouer sur la côte…
– Bartleboom, vous avez entendu ?
– Hein ?
– Vous allez devenir un héros, Bartleboom !
– Mais que diable dit donc Plasson ?
– Que vous allez devenir un héros, Bartleboom !
– Moi ?
– Est-ce qu'on ne pourrait pas s'arrêter un instant ?
– Vous savez ce qu'ils font, les habitants des îles, quand il y a de la tempête ?
– Non, madame.
– Ils courent sur l'île comme des fous, dans tous les sens, en tenant des lanternes au-dessus de leurs têtes… comme ça les bateaux… comme ça les bateaux n'y comprennent plus rien et vont s'échouer sur les rochers.
– Vous plaisantez.
– Je ne plaisante absolument pas… Il y a des îles entières où ils vivent de ce qu'ils récupèrent dans les épaves.

166

– Vous ne voulez pas dire que...
– Tenez-moi la lanterne, s'il vous plaît.
– Arrêtez-vous un moment, que diable !
– Madame... votre manteau !
– Laissez-le là.
– Mais...
– Laissez-le là, dieu de dieu !
Merveilleux vent. Océan mer.
– Mais que font-ils ?
– Mademoiselle Dira !
– Où diable vont-ils donc ?
– Mais enfin...
– DOOD !
– Courez, Bartleboom.
– Oui, mais de quel côté ?
– Mais enfin, ils ont perdu leur langue, ces enfants ?
– Regardez là.
– C'est Dira.
– Elle est en train de monter sur la colline.
– Moi, j'y vais.
– Dood ! Dood ! Il faut aller vers la colline !
– Mais où va-t-il ?
– Jésus-Christ ! Allez y comprendre quelque chose.
– Tenez haut cette lanterne et courez, père Pluche.
– Je ne ferai plus un pas si...
– Mais pourquoi est-ce qu'ils ne disent rien ?
– Je n'aime pas du tout ça, ce regard qu'ils ont
– Qu'est-ce que vous n'aimez pas ?
– Leurs yeux. LEURS YEUX !
– Plasson, où est passé Plasson ?
– Moi je vais avec Dol.
– Mais...

– MA LANTERNE. ELLE S'EST ÉTEINTE, MA LANTERNE !
– Madame Devéria, où allez-vous ?
– Mais enfin, j'aimerais tout de même savoir si je suis là pour sauver un bateau ou pour le faire naufrager !
– ELISEWIN ! Ma lanterne ! Elle s'est éteinte !
– Plasson, et Dira qu'est-ce qu'elle a dit ?
– Par là, par là...
– Ma lanterne...
– MADAME !
– Elle ne vous entend plus, Bartleboom.
– Mais ce n'est pas possible...
– ELISEWIN ! Où est donc passée Elisewin ? Ma lanterne...
– Père Pluche, sortez-vous de là.
– Elle s'est éteinte, ma lanterne.
– Au diable, moi je vais par là.
– Venez, je vais vous l'allumer.
– Mon Dieu, et Elisewin, est-ce que vous l'avez vue ?
– Elle doit être avec madame Devéria.
– Mais elle était là, elle était là...
– Tenez-la droite, cette lanterne.
– Elisewin...
– Ditz, est-ce que tu as vu Elisewin ?
– DITZ ! DITZ ! Diable, mais qu'arrive-t-il donc à ces enfants ?
– La voilà... votre lanterne...
– Moi, je ne comprends plus rien.
– Allez, marchons.
– Il faut que je trouve Elisewin...

– Marchons, père Pluche, ils sont tous déjà loin devant nous.

– Elisewin… ELISEWIN ! Bon Dieu, où es-tu passée… ELISEWIN !

– Père Pluche, ça suffit, nous la retrouverons…

– ELISEWIN ! ELISEWIN ! Elisewin, s'il te plaît…

Immobile, sa lanterne éteinte à la main, Elisewin entendait son prénom lui arriver de loin, mêlé au vent et au vacarme de la mer. Dans l'obscurité, devant elle, elle voyait se croiser les lumières de plein de petites lanternes, chacune perdue dans son propre voyage au bord de la tempête. Il n'y avait, dans sa tête, ni inquiétude ni peur. Un lac de tranquillité, tout à coup, avait explosé dans son âme. Et le son était celui d'une voix qu'elle connaissait.

Elle se tourna et lentement revint sur ses pas. Il n'y avait plus de vent, plus de nuit, plus de mer pour elle. Elle marchait, et elle savait vers quoi. C'était ça l'important. Une sensation merveilleuse. Quand le destin finalement s'entrouvre, et devient chemin visible, trace indéniable, et direction certaine. Le temps interminable de l'approche. Ce moment où l'on accoste. On voudrait qu'il ne finisse jamais. Le geste de s'en remettre au destin. C'est une émotion, ça. Plus de dilemmes, plus de mensonges. Savoir où. Et y aller. Quel qu'il soit, ce destin.

Elle marchait – et c'était la plus belle chose qu'elle eût jamais faite.

Elle vit la pension Almayer se rapprocher. Ses lumières. Elle quitta la plage, arriva sur le seuil, entra et referma derrière elle cette porte par laquelle, avec les autres, elle n'aurait pas su dire combien de temps avant, elle était sortie en courant, sans rien savoir encore.

Silence.

Sur le plancher, un pas puis un autre pas. Petits grains de sable crissant sous les pieds. Dans un coin, par terre, le manteau de Plasson, tombé dans la hâte de sa course pour sortir. Dans les coussins, sur le fauteuil, la trace du corps de madame Devéria, comme si elle venait de le quitter. Et au centre de la pièce, debout, immobile, Adams, qui l'attend. Qui la regarde.

Un pas, puis un autre pas, jusqu'à être près de lui. Et lui dire :

– Tu ne me feras pas de mal, n'est-ce pas ?

Il ne lui fera pas de mal, n'est-ce pas ?

– Non.

Non.

Alors

Elisewin

prit

entre ses mains

le visage

de cet homme,

et

elle l'embrassa.

Sur les terres de Carewall, cette histoire, les gens ne se lasseraient jamais de la raconter. S'ils la connaissaient. Ils ne s'en lasseraient pas. Chacun à sa manière, mais tous ils continueraient à raconter l'histoire de ces deux-là et de la nuit entière passée à se redonner vie l'un l'autre, avec les lèvres, avec les mains, une jeune fille qui n'a rien vu et un homme qui a vu trop de choses, l'un à l'intérieur de l'autre – le plus petit bout de peau est un voyage, une découverte, un retour – dans la bouche d'Adams pour sentir la saveur du monde, sur le sein d'Elisewin pour l'oublier – au creux de cette nuit bouleversée, tempête obscure, étincelles d'écume dans le noir, les vagues comme des échafaudages qui s'écroulent, le bruit, les rafales sonores, furieuses de sons et de vitesse, lancées sur la croupe de la mer, dans les nerfs du monde, océan mer, colosse ruisselant, bouleversé – soupirs, soupirs dans la gorge d'Elisewin – velours qui vole – soupirs à chaque nouveau pas dans ce monde qui franchit des montagnes jamais vues et des lacs aux formes impensables – sur le ventre d'Adams le poids tout blanc de cette jeune fille qui berce des musiques muettes – qui l'aurait jamais pensé, qu'en embrassant les yeux d'un homme on puisse voir aussi loin – qu'en caressant les jambes d'une jeune fille on puisse courir aussi vite et fuir – fuir loin de tout – voir au loin – tous deux venus des points les plus extrêmes de la vie, c'est ça qui est stupéfiant, et dire qu'ils ne se seraient jamais frôlés sauf en traversant l'univers de bout en bout, et qu'ils n'avaient même pas eu besoin de se chercher, c'est ça qui est incroyable, le plus difficile n'avait été que de se reconnaître, se reconnaître, l'espace d'un instant, le premier regard et déjà ils savaient, c'est ça qui est merveilleux – voilà ce que les gens continueraient à raconter, pour toujours, sur les terres de Carewall, afin que nul n'oublie qu'on n'est jamais assez loin pour ne pas se trouver, jamais – jamais assez loin –

pour ne pas se trouver – ils l'étaient, ces deux-là, loin, plus loin l'un de l'autre que quiconque, et à présent – elle crie, la voix d'Elisewin, sous les flots d'histoires qui forcent son âme, et il pleure, Adams, en les sentant s'en aller de lui, ces histoires, enfin, finalement, finies – peut-être que le monde est une blessure et quelqu'un en ce moment la recoud, avec ces deux corps qui s'emmêlent – et ce n'est même pas l'amour, c'est ça qui est stupéfiant, ce sont les mains, la peau, les lèvres, l'étonnement, le sexe, la saveur – la tristesse, peut-être – même la tristesse – le désir – quand les gens le raconteront, ils ne diront pas le mot amour – ils diront des milliers de mots, ils tairont le mot amour – tout se tait, autour d'eux, quand Elisewin sent soudain son dos se briser, son âme blanchir, elle serre cet homme en elle, elle lui prend les mains et elle pense : je vais mourir. Elle sent son dos se briser et son âme blanchir, elle serre cet homme en elle, elle lui prend les mains, et tu vois, elle ne mourra pas.

– Écoute-moi, Elisewin…
– Non, ne dis rien…
– Écoute-moi.
– Non.
– Il va se passer quelque chose d'horrible ici et..
– Embrasse-moi… c'est l'aube, ils vont rentrer…
– Écoute-moi…
– Ne dis rien, je t'en prie.
– Elisewin…

Comment faut-il faire ? Comment lui diras-tu, à cette femme-là, ce que tu dois lui dire, avec ses mains sur toi et sa peau, sa peau, lui parler de mort, à elle, tu ne peux pas, une petite fille comme elle, comment le lui dire, ce qu'elle sait déjà et qu'il faudra bien pourtant qu'elle écoute, ces paroles, les unes après les autres, même si tu les sais déjà tu dois les écouter, tôt ou tard il faut que quelqu'un les dise et que toi tu les écoutes, qu'elle les écoute, cette petite fille qui dit

– Tu as des yeux que je ne t'ai jamais vus.

Et puis

– Si seulement tu voulais, tu pourrais être sauvé.

Comment le lui dire, à cette femme, que tu le voudrais bien, être sauvé, et plus encore la sauver, elle, avec toi, et ne plus faire que ça, la sauver, et te sauver toi aussi, la vie entière, mais ce n'est pas possible, chacun a son voyage et doit le faire, et dans les bras d'une femme les chemins qu'on finit par prendre sont biscornus, tu ne les comprends pas toi-même, et au moment où il faudrait tu ne peux pas les raconter, tu n'as pas les mots pour le faire, des mots qui sonnent bien, là, entre ces baisers, sur cette peau, des mots justes il n'y en a pas, tu as beau chercher dans tout ce que tu es et tout ce que tu as ressenti, tu ne les trouves pas, ils n'ont jamais la bonne musique, c'est la musique qui leur manque, là, entre ces baisers, et sur cette peau, c'est une histoire de musique. Alors tu parles, tu dis quelque chose, mais c'est misérable.

– Elisewin, je ne peux plus jamais être *sauvé*.

Comment le lui dire, à cet homme-là, que c'est moi à présent qui voudrais lui apprendre quelque chose, et lui faire comprendre, entre ses caresses, que le

173

destin n'est pas une chaîne mais un envol, et que si seulement il avait encore vraiment envie de vivre il pourrait voler, si seulement il avait vraiment envie de moi il pourrait avoir encore mille nuits comme celle-là au lieu de cette nuit unique, horrible, vers laquelle il va, simplement parce qu'elle l'attend, cette nuit horrible, et qu'elle l'appelle depuis des années. Comment lui dire, à un homme comme celui-là, que ça ne servira à rien de devenir un assassin, que tout ce sang ne servira à rien, et à rien cette souffrance, c'est juste une façon de courir à perdre haleine jusqu'à la fin, quand le temps et le monde sont là pour que rien ne finisse, ils nous attendent, ils nous appellent, si seulement nous savions les écouter, si seulement il pouvait, cet homme, vraiment, vraiment, *m'écouter*. Comment le lui dis-tu, à cet homme-là, qu'il est en train de te perdre ?

– Je vais partir...

– ...

– Je ne veux pas être là... je m'en vais.

– ..

– Je ne veux pas entendre ce hurlement, je veux être loin.

– ...

– Je ne veux pas l'entendre.

C'est la musique qui est difficile, voilà la vérité, c'est la musique qui est difficile à trouver, pour se dire les choses, quand on est si proches l'un de l'autre, la musique et les gestes, pour dissoudre le chagrin, quand il n'y a vraiment plus rien à faire, la juste musique, pour que ce soit une danse, un peu, et

non pas un arrachement, de partir, de se laisser
glisser loin de l'autre, vers la vie et loin de la vie,
étrange pendule de l'âme, salvateur et assassin, si
on savait danser cette chose-là, elle ferait moins mal,
et c'est pourquoi les amants, tous, cherchent cette
musique, à ce moment-là, à l'intérieur des mots, sur
la poussière des gestes ; et ils savent que, s'ils en
avaient le courage, seul le silence pourrait être cette
musique, musique exacte, un vaste silence amoureux, clairière de l'adieu, lac fatigué qui s'écoule
enfin dans la paume d'une petite mélodie, connue
depuis toujours, à chanter à mi-voix
– Adieu, Elisewin.
Une mélodie de rien.
– Adieu, Thomas.
Elle glisse de sous le manteau et se lève, Elisewin.
Avec son corps de petite fille, nu, et sur elle la
tiédeur d'une nuit entière. Elle ramasse sa robe,
s'approche des vitres. Le monde de dehors est toujours là. Tu peux faire n'importe quoi, tu es sûr que
tu le retrouveras à sa place, toujours. C'est incroyable mais c'est comme ça.
   Deux pieds nus, de petite fille. Ils montent l'escalier, entrent dans une chambre, se dirigent vers la
fenêtre, s'arrêtent.
   Les collines, elles se reposent. Comme si elles
n'avaient pas la mer devant.

– Demain nous partirons, père Pluche.
– Comment cela ?
– Demain, nous partirons.
– Mais…

– S'il te plaît.

– Elisewin… on ne peut pas décider comme ça de but en blanc… nous devons écrire à Daschenbach… pense que ces gens-là ont autre chose à faire que nous attendre toute la sainte journée…

– Nous n'irons pas à Daschenbach.

– Comment cela, nous n'irons pas à Daschenbach ?

– Nous n'irons pas.

– Elisewin, conservons notre calme. Nous sommes venus ici parce que tu dois te soigner, et pour te soigner tu dois aller dans la mer, et pour aller dans la mer tu dois aller à…

– Je suis déjà entrée dans la mer.

– Pardon ?

– Il n'y a plus rien dont je doive guérir, père Pluche.

– Mais…

– Je suis vivante.

– Jésus… mais que diable s'est-il passé ?

– Rien… tu dois juste me faire confiance… s'il te plaît, tu dois me faire confiance…

– Moi je… je te fais confiance, mais…

– Alors aide-moi à partir. Demain.

– Demain…

Il reste là, le père Pluche, à retourner sa stupeur dans tous les sens. Des milliers de questions, dans sa tête. Et il sait très bien laquelle il devrait poser. Quelques mots. Clairs. Une chose simple : « Et ton père, que dira-t-il ? » Une chose simple. Et pourtant elle se perd en route. Pas moyen d'aller la repêcher. Il est encore là qui la cherche, le père Pluche, quand il entend sa propre voix demander :

– Et c'est comment ? La mer, c'est comment ?

176

Elle sourit, Elisewin.

– Très beau.

– Et puis ?

Elle sourit toujours, Elisewin.

– Et puis, à un moment, ça finit.

Ils partirent tôt le matin. La voiture filait sur la route le long de la mer. Le père Pluche se laissait ballotter sur son siège avec cette même résignation joyeuse avec laquelle il avait fait les bagages, salué tous et toutes, resalué tous et toutes, et oublié exprès une valise, à la pension, car il faut toujours semer derrière soi un prétexte pour revenir, quand on part. On ne sait jamais. Il resta silencieux jusqu'au moment où il vit la route tourner et la mer s'éloigner. Pas un instant de plus.

– Est-ce que ce serait trop, de demander où nous allons ?

Elisewin avait une feuille de papier à la main. Elle lui jeta un coup d'œil.

– Saint-Parteny.

– Et c'est quoi ?

– Un village, dit Elisewin en serrant la feuille dans sa main.

– Un village où ?

– Il faudra une vingtaine de jours. C'est dans la campagne aux environs de la capitale.

– Une vingtaine de jours ? Mais c'est une folie.

– Regarde la mer, père Pluche, elle s'en va.

– Une vingtaine de jours… J'ose espérer que tu as une excellente raison pour faire un voyage de ce genre…

177

– Il s'en va…
– Elisewin, c'est à toi que je parle, qu'allons-nous faire là-bas ?
– Nous allons chercher quelqu'un.
– Vingt jours de voyage pour aller *chercher* quelqu'un ?
– Oui.
– Diable, mais ce doit être au moins un prince, je ne sais pas, le roi en personne, ou un saint…
– Plus ou moins…
Pause.
– C'est un amiral.
Pause.
– Jésus…

Dans l'archipel des Tamal, un brouillard se levait chaque soir, engloutissant les navires, pour les rendre, à l'aube, complètement couverts de neige. Dans le détroit de Cadaoum, à chaque nouvelle lune, l'eau se retirait en laissant derrière elle un immense banc de sable peuplé de mollusques parlants et d'algues vénéneuses. Au large de la Sicile, une île avait disparu, et deux autres, inexistantes sur les cartes, avaient émergé juste à côté. Dans les eaux de Draghar, van Dell, le pirate, avait été capturé et avait préféré se jeter en pâture aux requins plutôt que de tomber entre les mains de la marine royale. Dans son palais, enfin, l'amiral Langlais continuait, avec la même exactitude exténuée, à répertorier les absurdités plausibles et les vérités invraisemblables qui arrivaient jusqu'à lui de toutes les mers du monde. Sa plume écrivait avec une immuable patience la géographie fantastique d'un monde infatigable. Son esprit reposait dans l'exactitude d'un quotidien inchangé. Identique à elle-même, sa vie se déroulait. Et son jardin demeurait en friche, inquiétant, presque.

– Mon nom est Elisewin, dit la jeune fille quand elle arriva devant lui.

Elle le frappa, cette voix : velours.

– J'ai rencontré un homme qui s'appelait Thomas.

Velours.

– Quand il vivait ici, avec vous, son nom était Adams.

L'amiral Langlais resta immobile, laissant son regard fixé dans les yeux noirs de cette jeune fille. Il ne répondit rien. Ce nom-là, il avait espéré ne plus jamais l'entendre. Il l'avait tenu éloigné de lui pendant des jours entiers, des mois. Quelques petits instants seulement lui restaient pour empêcher qu'il ne revienne blesser son âme et ses souvenirs. Il faillit se lever et prier cette jeune fille de s'en aller. Il lui donnerait une voiture. De l'argent. N'importe quoi. Il lui ordonnerait de s'en aller. Au nom du roi, allez-vous-en.

Arriva jusqu'à lui, comme venue de loin, cette voix de velours. Et elle disait :

– Gardez-moi près de vous.

Pendant cinquante-trois jours et neuf heures, Langlais ne sut pas ce qui, à cet instant-là, l'avait poussé à répondre

– Oui, si vous voulez.

Il le comprit un soir, quand il entendit, assis près d'Elisewin, cette voix de velours prononcer

– À Tombouctou, c'est l'heure où il plaît aux femmes de chanter et d'aimer leurs hommes. Elles écartent les voiles de leur visage et le soleil lui-même s'éloigne, déconcerté devant tant de beauté.

Langlais sentit une immense et douce fatigue monter jusqu'à son cœur. Comme s'il avait voyagé des années durant, égaré, et qu'enfin il eût retrouvé le chemin du retour. Il ne se tourna pas vers Elisewin. Mais il dit doucement

– Comment connaissez-vous cette histoire ?

– Je ne sais pas. Mais je sais qu'elle est à vous. Celle-ci, et toutes les autres.

Elisewin resta dans le palais de Langlais pendant cinq ans. Le père Pluche pendant cinq jours. Au sixième jour, il dit à Elisewin que c'était incroyable mais il avait oublié une valise là-bas, à la pension Almayer, incroyable, vraiment, mais il y avait des choses importantes, dedans, dans sa valise, des vêtements, et peut-être même aussi son livre avec toutes ses prières

– Comment cela, *peut-être ?*

– Peut-être... c'est-à-dire, sans aucun doute, maintenant que j'y repense, sans aucun doute il est dans cette valise, tu comprends bien que je ne peux absolument pas le laisser là-bas... ce n'est pas que ce soit grand-chose, ces prières, pour l'amour de Dieu, mais tout de même, les perdre de cette façon... puisque ce n'est qu'un petit voyage d'une vingtaine de jours, ce n'est pas si loin, c'est juste l'affaire de...

– Père Pluche ,

– ... il est bien entendu que de toute façon je

reviens... je vais seulement chercher ma valise, je m'arrêterai peut-être quelques jours pour me reposer et puis...

– Père Pluche...

– ... c'est l'affaire de deux mois, peut-être que je pourrais tout au plus faire un saut chez ton père, enfin, je veux dire, c'est un peu absurde, il vaudrait mieux finalement que je...

– Père Pluche... mon Dieu, comme tu vas me manquer.

Il partit le lendemain. Il était déjà monté en voiture, quand il en redescendit et, s'approchant de Langlais, lui dit :

– Vous savez quoi ? J'aurais cru que les amiraux, on les trouvait sur la mer...

– Et moi j'aurais cru que les curés, on les trouvait dans les églises.

– Oh, c'est-à-dire, vous savez, Dieu est partout...

– La mer aussi, mon père. La mer aussi.

Il partit. Et ne laissa pas de valise derrière lui, cette fois.

Elisewin resta dans le palais de Langlais pendant cinq ans. L'ordre méticuleux de ces pièces et le silence de cette existence lui rappelaient les tapis blancs de Carewall, et les allées circulaires, et la vie à peine frôlée que son père, un jour, avait arrangée pour elle. Mais ce qui était là-bas médecine et cure était ici sécurité limpide et guérison heureuse. Ce qu'elle avait connu comme refuge d'une faiblesse, elle le redécouvrait ici comme forme d'une force cristalline. De Langlais, elle apprit que parmi toutes les vies possibles il faut en choisir une à laquelle s'ancrer, pour pouvoir contempler, sereinement, toutes les autres. À Langlais elle offrit, l'une après l'autre, les milliers d'histoires qu'un homme et une nuit avaient semées en elle, dieu sait comment, mais d'une manière indélébile et définitive. Il l'écoutait, en silence. Elle racontait. Velours.

D'Adams, ils ne parlèrent jamais. Une fois seulement, Langlais, levant tout à coup les yeux de ses registres, dit lentement

– Je l'*aimais,* cet homme-là. Si vous pouvez comprendre ce que cela veut dire, je l'*aimais.*

Il mourut, Langlais, un matin d'été, rongé d'une abominable souffrance et accompagné par une voix – velours – qui lui racontait le parfum d'un jardin, le plus petit et le plus beau de Tombouctou.

Le lendemain, Elisewin partit. C'était à Carewall qu'elle voulait revenir. Elle mettrait un mois, ou toute une vie, mais c'était là qu'elle reviendrait. De ce qui l'attendait, elle n'imaginait pas grand-chose. Elle savait seulement que toutes ces histoires, enfermées en elle, elle les garderait pour elle, à jamais. Elle savait, quel que soit l'homme qu'elle aimerait, qu'elle chercherait en lui la saveur de Thomas. Et elle savait qu'aucune terre ne recouvrirait, en elle, la *trace* de la mer.

Tout le reste était encore néant. *L'inventer* – c'est cela qui allait être merveilleux.

2. PÈRE PLUCHE

Prière pour quelqu'un qui s'est perdu, et donc, pour
tout dire, prière pour moi

Mon Bon Seigneur
c'est encore moi
c'est votre serviteur.

Donc, ici, les choses
se passent bien,
oui, plutôt bien,
enfin, on s'arrange,
disons-le,
et puis on trouve toujours un moyen
un moyen pour s'en sortir,
vous m'avez compris,
bref, le problème est ailleurs.
Il est ailleurs, le problème,
et si vous avez la patience d'écouter
de m'écouter
de.
Le problème c'est cette route

jolie route
cette route qui court
qui coule
qui roule
mais ne court pas
aussi droit
qu'elle pourrait le faire
ni même aussi tordue
qu'elle saurait le faire
non.
Curieusement,
elle se défait.
Croyez-moi
(Vous, pour une fois)
elle se défait.
Bon, bref, pour résumer,
elle s'en va
un peu par-ci
un peu par-là
comme saisie
d'une envie, soudain,
de liberté.
Mystère.
Présentement, et sans vouloir critiquer, il faudrait
que je vous explique un peu, c'est quelque chose,
ça, qui arrive aux hommes, pas à Dieu, quand la
route qu'on a devant soi se défait, se perd, s'effrite,
s'éclipse, je ne sais pas si Vous voyez, sans doute
que non, ce sont les hommes, en général, qui se
perdent. Vous n'êtes pas vraiment concerné, Vous.
Ayez un peu de patience et laissez-moi vous expliquer. C'est l'affaire d'un instant. Avant toute chose,

vous ne devez pas vous laisser égarer par le fait que, techniquement parlant, et c'est indéniable, cette route qui court et coule et roule sous les roues de cette voiture, si l'on s'en tient aux faits, effectivement, ne se désagrège pas pour de bon. *Techniquement* parlant. Elle va tout droit, sans hésitation, pas le plus timide embranchement, rien. Droite comme une fusée. Je le constate moi-même. Mais le problème, et permettez que je le souligne, n'est pas là. Ce n'est pas de cette route, faite de terre, de poussière et de cailloux que nous parlons. La route dont il est question est une autre route. Elle ne court pas *dehors* mais *dedans*. Dedans, ici. Je ne sais pas si Vous voyez bien : *la mienne,* ma route. Tout le monde en a une, Vous devez bien le savoir, Vous qui n'êtes, d'ailleurs, pas totalement étranger au projet de cette machine que nous sommes tous, chacun à sa manière. Une route à l'intérieur, tout le monde en a une, ce qui facilite, il faut bien le dire, la tâche de notre voyage, et quelquefois, mais pas souvent, la complique. Là, c'est un de ces moments qui la compliquent. Bon, bref, pour résumer, c'est *cette route-là,* celle du dedans, qui se défait, qui s'est défaite, la pauvre, il n'y a plus rien. Ce sont des choses qui arrivent. Croyez-moi. Et ce n'est pas agréable. Non.
Je crois, moi,
que c'est à cause,
mon Bon Seigneur,
que c'est à cause,
oui, je le crois,
de la mer.

La mer
fait divaguer les vagues
et les pensées
et les voiliers
et même ta tête
elle aussi
divague
et les routes
qui hier étaient là
aujourd'hui n'y sont pas.
C'est au point que je crois,
moi, je crois,
que cette idée
que Vous avez eue,
celle du déluge universel,
fut, disons-le, géniale,
et belle, comme idée.
Parce que
si on veut
trouver
un châtiment
je me demande
s'il est possible
d'inventer mieux
que de laisser un pauvre diable
là tout seul au milieu
de l'océan.
Pas même une plage.
Rien.
Ou un rocher.
Ou une épave abandonnée.
Pas même.

Pas un seul signe
pour comprendre
où aller
pour aller
y mourir.
Alors, voyez-Vous,
mon Bon Seigneur,
l'océan
c'est un genre
de petit déluge
universel.
De chambre.
Vous êtes là,
à vous promener
à regarder
à respirer
à converser
à le guetter,
du rivage, bien sûr,
et lui
pendant ce temps
lui, il vous prend
vos pensées de pierre
celles qui étaient route
et certitude
et destin
et
en échange
il vous offre des voiles
qui se balancent dans votre tête
comme la danse d'une femme

à vous rendre fou.

Pardon pour la métaphore.

Mais ce n'est pas facile d'expliquer
qu'on finit par ne plus avoir de réponses
à force de regarder la mer.

Si bien que présentement, si on veut résumer, le problème est que j'ai toutes sortes de routes devant moi et aucune à l'intérieur, et même, pour être plus précis, aucune à l'intérieur et quatre devant. Quatre. *Primo* : je retourne auprès d'Elisewin et j'y reste, ce qui était d'ailleurs la raison première, si on veut, de ce voyage. *Secundo* : je continue comme ça et je vais à la pension Almayer, qui n'est pas un endroit parfaitement sain, étant donné la proximité périlleuse de la mer, mais qui est aussi un endroit incroyable tellement c'est beau, et paisible, et léger, et déchirant, et final. *Tertio* : je poursuis droit devant, je n'oblique pas vers la pension, et je retourne à Carewall, chez le baron, qui m'attend, d'ailleurs, tout compte fait ma maison elle est là, et cette place c'est la mienne. C'était, en tout cas. *Quarto* : je laisse tout tomber, je quitte cet habit noir et triste, je choisis n'importe quelle route, j'apprends un métier, j'épouse une femme spiri-tuelle et pas trop belle, je fais quelques enfants, je vieillis, et pour finir je meurs, avec votre pardon, serein et fatigué, comme un chrétien quelconque. Vous le voyez, ce n'est pas que mes idées ne soient pas claires, elles sont très claires, mais seulement jusqu'à un certain point. Je sais parfaitement quelle est la question. Ce qui manque, c'est la réponse.

Elle court, cette voiture, et je ne sais pas où. Je
pense à la réponse, et dans ma tête tout s'obscurcit.
C'est pourquoi
toute cette obscurité
je la prends
et je la remets
entre Vos mains.
Et je Vous demande
mon Bon Seigneur
de la garder avec Vous
la garder rien qu'une petite heure
entre Vos mains
le temps qu'il faut
pour dissoudre le noir
pour dissoudre le mal
que fait
dans la tête
toute cette obscurité,
dans le cœur
tout ce noir,
est-ce que Vous voulez bien ?
Vous pourriez même
seulement
Vous pencher
la regarder
en sourire
l'ouvrir
lui dérober
une lumière
et la laisser retomber
parce que de toute façon
je m'arrangerais bien, moi,

pour la retrouver,
pour savoir où elle est.
Ce n'est pas une grande chose
pour Vous,
mais si importante pour moi.
M'écoutez-Vous
mon Bon Seigneur ?
Ce n'est pas tant
Vous demander
que Vous demander si.
Pas offensant
d'espérer que.
Pas une sottise
d'imaginer que Vous.
D'ailleurs c'est juste une prière,
une autre façon d'écrire
les parfums de l'attente.
Écrivez Vous-même,
où Vous le voulez,
le chemin que j'ai perdu.
Un signe suffira, quelque chose,
une toute petite rayure
sur la vitre de ces yeux
qui regardent sans voir,
et je la verrai.
Écrivez
sur le monde
un seul mot
écrit pour moi,
et je le lirai.
Froissez
même juste un seul instant

de ce silence,
et je l'entendrai.
N'ayez pas peur,
je n'ai pas peur, moi.

Et que s'envole cette prière
avec la force des paroles
loin de la cage du monde
et jusque on ne sait où.
Amen.

*Prière pour quelqu'un qui a retrouvé sa route, et donc,
pour tout dire, prière pour moi.*

Mon Bon Seigneur
c'est encore moi
c'est votre serviteur.

Il meurt lentement,
cet homme,
il meurt lentement
comme s'il voulait,
cette vie-là,
la savourer,
l'égrener
sous ses doigts,
la dernière vie
qu'il a.
Les barons meurent

193

comme meurent les hommes,
on le sait maintenant.
Je suis ici, moi,
et c'est évident,
ma place, elle était là
près de lui,
près du baron qui meurt.
Il veut m'entendre
parler de sa fille
qui n'est pas là,
qui est nul ne sait où,
il veut entendre
qu'elle est vivante,
où qu'elle soit,
que dans la mer elle n'est pas morte
que dans la mer
elle a guéri.
Je lui raconte
et il meurt
mais mourir ainsi
c'est mourir un peu moins.
Je lui parle
tout près
tout doucement
et il est clair
que ma place
elle était
là.
Vous m'avez pris
sur une route quelconque
et Vous m'avez amené
patiemment

jusqu'à cette heure
qui avait besoin de moi.
Et moi
qui étais perdu,
dans cette heure-là
je me suis trouvé.
Et c'est fou de penser
que Vous étiez là
à m'écouter
ce jour-là
que Vous m'écoutiez
vraiment,
moi.
On prie
pour ne pas rester seul
on prie
pour tromper l'attente
mais personne jamais ne pense
que Dieu
qu'il plaît à Dieu
de nous entendre.
N'est-ce pas fou ?
Vous m'avez entendu.
Vous m'avez sauvé.
Bien sûr, si je peux me permettre, en toute humilité,
je ne crois pas qu'il était vraiment nécessaire de faire
s'effondrer la route de Quartel, ce qui fut d'ailleurs
un peu ennuyeux pour les gens du coin, il aurait
suffi, disons, de quelque chose de plus léger, un
signe plus discret, je ne sais pas, moi, quelque chose
de plus intime, entre nous deux. De même que, si
je peux émettre une petite objection, la scène des

chevaux qui s'immobilisèrent sur la route qui me
ramenait vers Elisewin, sans qu'il y ait plus moyen
de les faire avancer, était certes très réussie techniquement mais peut-être un petit peu trop spectaculaire, ne trouvez-Vous pas ? même avec moins,
j'aurais compris, ne serait-ce pas que Vous en faites
quelquefois un peu trop, ou je me trompe ? quoi
qu'il en soit, tous ils en parlent encore, là-bas, une
scène pareille ça ne s'oublie pas. Finalement, je crois
que ç'aurait été amplement suffisant avec le rêve du
baron qui se levait de son lit et criait « Père Pluche !
Père Pluche ! », pas mal, dans le genre, quelque
chose qui ne laissait place à aucun doute, et d'ailleurs dès le lendemain matin j'étais en route pour
Carewall, Vous voyez qu'il suffit de peu, finalement,
au fond. Non, je Vous le redis, si le cas devait se
représenter, veillez à doser la réponse. Un rêve, c'est
bien. Si Vous me permettez un conseil, c'est le bon
système. Pour sauver quelqu'un, au cas où. Un rêve.
Ainsi
je garderai
cet habit noir
triste habit
et dans mes yeux
et en moi
ces collines
douces collines.
In sæcula sæculorum
telle est ma place.
Tout est
à présent
plus simple.

Plus simple
à présent
tout.
Ce qui reste à faire
je saurai le faire tout seul.
Si Vous aviez besoin,
Pluche,
qui Vous doit la vie,
Vous savez où le trouver.

Et que s'envole cette prière
avec la force des paroles
loin de la cage du monde
et jusque on ne sait où.
Amen.

3. ANN DEVÉRIA

Cher André, mon amour bien-aimé d'il y a mille ans,
    la petite fille qui t'a donné cette lettre s'appelle
Dira. Je lui ai dit de te la donner à lire, dès ton
arrivée à la pension, avant de te laisser monter chez
moi. Jusqu'à la dernière ligne. N'essaie pas de lui
mentir. À cette petite fille on ne peut pas mentir.
    Assieds-toi, donc. Et écoute-moi.
    Je ne sais pas comment tu as fait pour me retrouver. C'est un endroit, ici, qui existe à peine. Et si tu
demandes la pension Almayer, les gens te regardent
avec surprise, et ne savent pas. Si mon mari cherchait un endroit du monde inaccessible, pour ma
guérison, il l'a trouvé. Dieu seul sait comment tu as
fait, toi aussi, pour le trouver.
    J'ai reçu tes lettres, et cela n'a pas été facile de
les lire. Rouvrir les blessures du souvenir est une
souffrance. Si j'avais continué, ici, à te désirer et à
t'attendre, ces lettres auraient été un bonheur
éblouissant. Mais c'est un endroit étrange, ici. La
réalité s'évapore, et tout se transforme en mémoire.
Même toi, peu à peu, tu as cessé d'être un désir et

tu es devenu un souvenir. Tes lettres me sont arrivées comme des messages échappés d'un monde qui n'existe plus.

Je t'ai aimé, André, et je n'imagine pas qu'il soit possible d'aimer plus. J'avais une vie, qui me rendait heureuse, et je l'ai laissée partir en miettes pour être avec toi. Je ne t'ai pas aimé par ennui, ou par solitude, ou par caprice. Je t'ai aimé parce que le désir de toi était plus fort que n'importe quel bonheur. Et je savais bien que la vie n'est pas assez grande pour y faire entrer tout ce que le désir peut imaginer. Mais je n'ai pas cherché à m'arrêter, ni à t'arrêter. Je savais qu'elle le ferait, elle. Et elle l'a fait. D'un seul coup, elle a explosé. Il y avait des débris partout, et tranchants comme des rasoirs.

Puis je suis arrivée ici. C'est difficile à expliquer. Mon mari pensait que c'était un endroit pour guérir. Mais guérir est un mot trop petit pour ce qui se passe ici. Et trop simple. C'est un endroit, ici, où tu prends congé de toi-même. Ce que tu es se détache doucement de toi, peu à peu. Et à chaque pas, tu le laisses derrière toi, sur ce rivage qui ne connaît pas le temps et ne vit qu'un seul jour, toujours le même. Le présent disparaît et tu deviens mémoire. Tu te défais de tout, tes peurs, tes sentiments, tes désirs : tu les conserves, comme des habits qu'on ne met plus, dans l'armoire d'une sagesse que tu ne connaissais pas, et d'une tranquillité que tu n'espérais pas. Est-ce que tu peux me comprendre ? Est-ce que tu peux comprendre combien tout cela – est beau ?

Crois-moi, ce n'est pas une autre manière, juste

un peu plus légère, de mourir. Je ne me suis jamais sentie plus vivante qu'aujourd'hui. Mais c'est différent. Ce que je suis, désormais, est advenu : et cela vit en moi, ici, maintenant, comme un pas dans une trace, comme un son dans un écho, et comme une énigme dans sa réponse. Cela ne meurt pas, non. Cela glisse de l'autre côté de la vie. Si légèrement que c'est comme une danse.

C'est une manière de tout perdre, pour tout trouver.

Si tu peux comprendre tout cela, tu me croiras aussi quand je te dirai qu'il m'est impossible de penser à l'avenir. L'avenir est une idée qui s'est détachée de moi. Cela n'a pas d'importance. Cela ne signifie plus rien. Je n'ai plus d'yeux pour le voir. Tu en parles si souvent, dans tes lettres. J'ai du mal à me rappeler ce que cela veut dire. L'avenir. Le mien est déjà tout entier ici, et maintenant. Le mien sera la quiétude d'un temps immobile, qui collectionnera des instants à poser les uns sur les autres, comme s'ils étaient un seul et unique instant. D'aujourd'hui jusqu'à ma mort, il y aura cet instant, rien d'autre.

Je ne te suivrai pas, André. Je ne reconstruirai aucune vie, parce que je viens d'apprendre à être la demeure de celle qui fut la mienne. Et cela me plaît ainsi. Je ne veux pas autre chose. Je les comprends, tes îles lointaines, et je comprends tes rêves, tes projets. Mais il n'existe plus de route capable de m'emmener là-bas. Et tu ne pourras pas en inventer une, pour moi, sur une terre qui n'existe pas. Pardonne-moi, mon amour, mon bien-aimé, mais il ne sera pas le mien, ton avenir.

Il y a un homme, dans cette pension, qui a un nom amusant et qui étudie où finit la mer. Ces derniers jours, alors que je t'attendais, je lui ai parlé de nous, combien j'avais peur de ton arrivée, et envie en même temps que tu arrives. C'est un homme bon et patient. Il m'écoutait. Et un jour il m'a dit : « Écrivez-lui. » Il dit qu'écrire à quelqu'un est la seule manière de l'attendre sans se faire de mal. Et je t'ai écrit. Tout ce que j'ai en moi, je l'ai mis dans cette lettre. Il dit, cet homme au nom amusant, que tu comprendras. Il dit que tu la liras, et puis tu sortiras sur la plage et en marchant le long de la mer tu repenseras à tout cela, et tu comprendras. Cela demandera une heure ou une journée, peu importe. Mais à la fin, tu reviendras à la pension. Il dit que tu monteras l'escalier, que tu ouvriras la porte, et que sans rien me dire tu me prendras dans tes bras et tu m'embrasseras.

Je sais que cela paraît stupide. Mais j'aimerais que les choses se passent vraiment ainsi. C'est une belle manière de se perdre, que se perdre dans les bras l'un de l'autre.

Rien ne pourra me prendre le souvenir de ces moments où j'étais, de tout mon être, tienne.

Ann

4. PLASSON

CATALOGUE PROVISOIRE DE L'ŒUVRE PEINT DU PEIN-
TRE MICHEL PLASSON CLASSÉ DANS L'ORDRE CHRONO-
LOGIQUE À PARTIR DU SÉJOUR DE CE DERNIER DANS LA
PENSION ALMAYER (LOCALITÉ QUARTEL) JUSQUES À LA
MORT DUDIT.

Rédigé, à l'intention de la postérité, par le professeur Adelante Ismaël Bartleboom, s'appuyant sur
son expérience personnelle et autres témoignages
confirmés.

Dédié à Madame Ann Devéria.

1. *Océan mer,* huile sur toile, 15 × 21,6 cm
   Collection Bartleboom

Description.
Entièrement blanc.

2. *Océan mer,* huile sur toile, 80,4 × 110,5 cm
Coll. Bartleboom

Description.
Entièrement blanc.

3. *Océan mer,* aquarelle, 35 × 50,5 cm
Coll. Bartleboom

Description.
Blanc avec très légère ombre d'ocre dans la partie
supérieure.

4. *Océan mer,* huile sur toile, 44,2 × 100,8 cm
Coll. Bartleboom

Description.
Entièrement blanc. La signature est en rouge.

5. *Océan mer,* dessin, crayon sur papier, 12 × 10 cm
Coll. Bartleboom

Description.
On reconnaît deux points, au centre de la feuille,
très proches l'un de l'autre. Le reste est blanc (sur
le bord droit, tache : graisse ?)

6. *Océan mer,* aquarelle, 31,2 × 26 cm
Coll. Bartleboom. Actuellement prêté, de manière tout à fait provisoire, à Madame Maria Luigia Severina Hohenheith.

Description.
Entièrement blanc.
L'auteur, en me le donnant, me confia, textuellement : « *C'est ce que j'ai fait de mieux jusqu'ici.* »
Son ton était celui d'une satisfaction profonde.

7. *Océan mer,* huile sur toile, 120,4 × 80,5 cm
Coll. Bartleboom

Description.
On distingue deux taches de couleur : l'une, ocre, dans la partie supérieure de la toile, et l'autre, noire, dans la partie inférieure. Le reste, blanc (au verso, annotation autographe : *Orage.* Et dessous : *tatatum tatatum tatatum*)

8. *Océan mer,* pastel sur papier, 19 × 31,2 cm
Coll. Bartleboom

Description.
Au centre de la feuille, légèrement décalée sur la gauche, une petite voile bleue. Le reste, blanc.

9. *Océan mer,* huile sur toile, 340,8 × 220,5 cm
Musée du District de Quartel. Numéro de catalogue : 87

Description.
Sur la droite, un rocher sombre émerge de l'eau. Des vagues très hautes, se brisant sur les rochers, écument de façon spectaculaire. On aperçoit dans la tempête deux navires en train de sombrer dans la mer. Quatre canots sont comme suspendus au bord d'un tourbillon. Sur les canots sont installés en rang les naufragés. Quelques-uns d'entre eux, tombés à la mer, sont en train de couler. Mais cette mer est haute, bien plus haute là-bas sur l'horizon qu'ici près de nous, et cache l'horizon à la vue, contre toute logique, elle semble se dresser comme si c'était le monde entier qui se dressait et que nous-mêmes nous enfoncions, ici où nous sommes, dans le ventre de la terre, tandis qu'un couvercle de plus en plus majestueux ne cesse de se préparer à nous recouvrir et que la nuit tombe avec horreur sur ce monstre (attribution douteuse. Presque certainement faux)

10. *Océan mer,* aquarelle, 20,8 × 16 cm
Coll. Bartleboom

Description.
Entièrement blanc.

11. *Océan mer,* huile sur toile, 66,7 × 81 cm
    Coll. Bartleboom

Description.
Entièrement blanc (très abîmé. Probablement
tombé à l'eau)

12. *Portrait d'Adelante Ismaël Bartleboom,* crayon
sur papier, 41,5 × 41,5 cm

Description.
Entièrement blanc. Au centre, en caractères pen-
chés, l'inscription suivante : *Bartleb*

13. *Océan mer,* huile sur toile, 46,2 × 51,9 cm
    Coll. Bartleboom

Description.
Entièrement blanc. Dans ce cas, cependant, l'expression est à entendre au sens littéral : la toile est
entièrement recouverte à grands traits épais de couleur blanche.

14. *À la pension Almayer,* huile sur toile, 50 × 42 cm
    Coll. Bartleboom

Description.
Portrait d'ange dans le style préraphaélite. Le visage

n'a pas de traits. Les ailes montrent une richesse chromatique significative. Fond or.

15. *Océan mer,* aquarelle, 118 × 80,6 cm
   Coll. Bartleboom

Trois petites taches de couleur bleue en haut à gauche (des voiles ?). Le reste, blanc. Au verso, annotation autographe : *Pyjama et chaussettes.*

16. *Océan mer,* crayon sur papier, 28 × 31,7 cm
   Coll. Bartleboom

Description.
Dix-huit voiles, de tailles diverses, disséminées sans ordre précis. Dans l'angle inférieur gauche, petite esquisse d'un trois-mâts, clairement exécutée d'une autre main, probablement enfantine (Dol ?).

17. *Portrait de Madame Ann Devéria,* huile sur toile, 52,8 × 30 cm
   Coll. Bartleboom

Description.
Une main de femme de couleur très pâle, les doigts merveilleusement fuselés. Fond blanc.

18, 19, 20, 21. *Océan mer,* crayon sur papier,
12 × 12 cm
Coll. Bartleboom

Description.
Série de quatre esquisses d'apparence absolument
identique. Une simple ligne horizontale les traverse
de gauche à droite (ou, si l'on préfère, de droite à
gauche), plus ou moins à mi-hauteur. Plasson affir-
mait qu'il s'agissait, en réalité, de quatre représentations profondément différentes. Il déclara textuellement : « *Ce sont quatre représentations profondément différentes.* » Mon impression très personnelle
est qu'elles montrent la même vue à quatre moments différents et successifs de la journée. Quand
j'exprimai cette opinion à l'auteur, celui-ci me
répondit, textuellement : « *Vous croyez ?* »

22. (Sans titre), crayon sur papier, 20,8 × 13,5 cm
Coll. Bartleboom

Description.
Un jeune homme, sur le rivage, marche vers la mer,
portant dans ses bras le corps abandonné d'une
femme sans vêtements. Lune dans le ciel et reflets
sur l'eau.
Cette esquisse, longtemps tenue secrète par
volonté délibérée de l'auteur, est aujourd'hui révé-
lée par moi au public, eu égard au temps écoulé
depuis les dramatiques événements auxquels il se
rattache.

213

23. *Océan mer,* huile sur toile, 71,6 × 38,4 cm
   Coll. Bartleboom

Description.
Une lourde balafre rouge sombre traverse la toile
de gauche à droite. Le reste, blanc.

24. *Océan mer,* huile sur toile, 127 × 108,6 cm
   Coll. Bartleboom

Description.
Entièrement blanc. Il s'agit de la dernière œuvre
réalisée lors du séjour à la pension Almayer, localité
Quartel. L'auteur l'offrit à la pension en manifestant
le désir qu'elle soit exposée sur un mur face à la
mer. Par la suite, et par des voies que je ne pus
jamais élucider, elle est parvenue en ma possession.
Je la conserve, et la tiens à disposition de quiconque
serait à même d'en réclamer la propriété.

25, 26, 27, 28, 29, 30, 31, 32. (Sans titre), huile sur
toile, tailles diverses
   Musée de Saint·Jacques-de-Grance

Description.
Huit portraits de marins, à rapprocher, au plan du
style, du Plasson première manière. L'abbé Ferrand, qui a eu l'aimable courtoisie de me signaler
leur existence, témoigne que l'auteur les réalisa gra-
cieusement, par amitié pour certains des modèles,

avec lesquels il avait noué des liens d'affection sin-
cère lors de son séjour à Saint-Jacques. Le même
abbé m'a sympathiquement avoué avoir demandé
au peintre qu'il lui fasse son propre portrait, et avoir
reçu de lui un refus courtois mais ferme. Il semble
que les paroles exactement prononcées par ce dernier en la circonstance aient été : « *Malheureuse-
ment, vous n'êtes pas un marin, et il n'y a donc pas
la mer sur votre visage. Vous savez, maintenant, moi,
je ne sais plus peindre que la mer.* »

33. *Océan mer,* huile sur toile (dimensions non
confirmées)
   (Perdu)

Description.
Entièrement blanc. Ici encore, le témoignage de
l'abbé Ferrand s'avère précieux. Il a eu la franchise
d'admettre que la toile, trouvée dans le logement
du peintre au lendemain de son départ, a été, par
suite d'un malentendu inexplicable, considérée
comme simple toile, et non comme œuvre achevée
d'une valeur significative. En tant que telle, elle fut
emportée par des inconnus et reste aujourd'hui
encore introuvable.

34, 35, 36. (Sans titre), huile sur toile, 68,8 × 82 cm
   Musée Gallen-Martendorf, Helleborg

Description.
Il s'agit de copies très soignées, à peu près iden-

tiques, d'une peinture de Hans Van Dyke, *Le Port de Skalen.* Le musée Gallen-Martendorf les signale comme des œuvres de Van Dyke lui-même, perpétuant par là même un malentendu regrettable. Ainsi que je l'ai fait remarquer à plusieurs reprises au prof. Broderfons, conservateur dudit musée, les trois toiles non seulement portent au verso l'annotation claire « *Van Plasson* », mais offrent une particularité qui rend évidente la paternité de Plasson : dans chacune d'entre elles, le peintre représenté à l'œuvre sur le quai, en bas à gauche, a devant lui un chevalet portant une toile entièrement blanche. Dans l'original de Van Dyke, la toile apparaît uniformément colorée. Le professeur Broderfons est, par ailleurs, un spécialiste incompétent et un homme tout à fait insupportable.

37. *Lac de Constance,* aquarelle, 27 × 31,9 cm
   Coll. Bartleboom

Description.
Œuvre de facture soignée et très élégante, représentant le célèbre lac de Constance au coucher du soleil. Les couleurs sont chaudes et nuancées. Aucune figure humaine n'apparaît. Mais l'eau et les rives sont rendues avec une grande poésie et intensité. Plasson m'envoya cette toile accompagnée d'un petit billet, dont je cite ici le texte dans son intégralité : « *C'est une fatigue, mon bon ami. Une belle fatigue. Adieu.* »

216

38. *Océan mer,* crayon sur papier, 26 × 13,4 cm
   Coll. Bartleboom

Description.
Est dessinée ici, avec attention et précision, la main gauche de Plasson. Lequel, je me dois de le souligner, était gaucher.

39. *Océan mer,* crayon sur papier, 26 × 13,4 cm
   Coll. Bartleboom

Description.
Main gauche de Plasson. Non ombré.

40. *Océan mer,* crayon sur papier, 26 × 13,4 cm
   Coll. Bartleboom

Description.
Main gauche de Plasson. Quelques traits, à peine esquissés.

41. *Océan mer,* crayon sur papier, 26 × 13,4 cm
   Coll. Bartleboom

Description.
Main gauche de Plasson. Trois lignes et une ombre courte.
Remarque. Ce dessin m'a été offert, en même temps que les précédents, par le docteur Monnier, méde-

cin qui s'occupa de Plasson durant le cours bref et douloureux de sa maladie finale (pneumonie). D'après son témoignage, dont je n'ai pas motif de douter, ce sont les quatre derniers travaux auxquels se consacra Plasson, alors cloué au lit et plus faible de jour en jour. Toujours d'après le même témoignage, Plasson mourut sereinement, dans une solitude tranquille, et l'âme en paix. Quelques minutes avant d'expirer, il prononça cette phrase : « *Ce n'est pas une question de couleurs, c'est une question de musique, vous comprenez ? J'y ai mis vraiment le temps mais à présent* (stop). »

C'était un homme généreux, et doué assurément d'un énorme talent artistique. Il était mon ami. Et je l'aimais.

Il repose à présent, comme il en a clairement exprimé le désir, dans le cimetière de Quartel. La dalle, sur sa tombe, est une simple pierre. Entièrement blanche.

5. BARTLEBOOM

Ça s'est passé comme ça. Il était aux thermes, Bartleboom, aux thermes de Bad Hollen, petite ville réfrigérante, si vous voyez ce que je veux dire. Il s'y
rendait pour certains troubles dont il était affligé,
une histoire de prostate, un truc gênant, un embêtement. Quand ça te prend à cet endroit-là, c'est
toujours un embêtement, vraiment, pas grave mais
tu dois faire attention, ça t'oblige à faire des tas de
choses ridicules, humiliantes. Lui, Bartleboom, par
exemple, allait aux thermes de Bad Hollen. Petite
ville, disons le mot, réfrigérante.
Bon, bref.
Il était là, Bartleboom, avec sa fiancée, une certaine
Maria Luigia Severina Hohenheith, belle femme,
sans aucun doute, mais genre j'ai ma loge à l'Opéra,
si vous voyez ce que je veux dire. Tout pour la
façade. Tu avais envie de tourner autour pour voir
s'il y avait quelque chose derrière le maquillage et
toutes ces belles paroles et le reste. Bon, tu ne le
faisais peut-être pas mais tu avais envie. Bartleboom, à respecter la vérité, ne s'était pas fiancé avec

221

un grand enthousiasme, loin de là. Disons-le. C'était une de ses tantes qui s'était occupée de tout, sa tante Matilde. Il faut bien comprendre qu'à l'époque il était plus ou moins environné de tantes et, pour tout dire, *dépendait* d'elles, économiquement je veux dire, car il ne possédait pas le quart du tiers d'un sou. C'étaient ses tantes qui payaient. Et c'était là, précisément, la conséquence de ce dévouement total et passionné à l'égard de la science qui liait la vie de Bartleboom à cette ambitieuse Encyclopédie des limites et cetera, œuvre suprême, et méritoire, mais qui pourtant l'empêchait, et c'est une évidence, de satisfaire à ses devoirs professionnels, et qui l'amenait à laisser chaque année son poste de professeur et le salaire correspondant à un suppléant provisoire, lequel, en l'occurrence, soit pendant les dix-sept années où il en fut ainsi, était moi. De là, vous le comprendrez, ma gratitude envers lui, et mon admiration pour son œuvre. Ce sont des choses qu'un homme d'honneur n'oublie pas.

Bon, bref.

C'était sa tante Matilde qui s'était occupée de tout, et Bartleboom n'avait pas vraiment pu s'y opposer. Il s'était fiancé. Mais il n'avait pas parfaitement bien digéré la chose, malgré tout. Il avait perdu un peu de cette vivacité… son âme s'était comme un peu embuée, si vous voyez ce que je veux dire. Comme si, lui, il s'était attendu à quelque chose de différent, de vraiment différent. Il n'était pas préparé à cette normalité-là. Il laissait faire, sans plus. Et puis, un jour, là-bas, à Bad Hollen, avec sa fiancée et sa prostate, il se rendit à une réception, quelque chose d'élégant, champagne et petites musiques entraînantes. Des valses. Et c'est là qu'il rencontra Anna Ancher. Elle, c'était une femme spéciale. Elle peignait. Et bien, même, paraît-il. Tout un autre genre, vous m'avez compris, que cette Maria Luigia Severina. Ce fut elle qui l'arrêta, dans le tohu-bohu de la fête.

– Pardonnez-moi… vous êtes le professeur Bartleboom, n'est-ce pas ?

– Oui.

– Je suis une amie de Michel Plasson.

Il s'avéra le peintre qui lui avait écrit des milliers de fois, en lui parlant de Bartleboom et de bien d'autres choses encore, et notamment de cette Encyclopédie des limites et cetera, qui, à l'entendre, l'avait tout particulièrement frappée.

– Je serais enchantée de pouvoir un jour voir votre œuvre.

Elle lui dit exactement ce mot : *enchantée*. Elle le dit en penchant légèrement sa petite tête sur le côté et en écartant de ses yeux une mèche de cheveux noirs comme le jais. Du grand art. Pour Bartleboom, cette phrase, ce fut comme si on l'avait injectée directement dans son sang. Elle se répercuta, si l'on peut dire, jusque dans ses pantalons. Il bafouilla quelque chose, et dès cet instant ne fit plus que transpirer. Il transpirait comme un fou, lui, quand il transpirait. La température n'avait rien à voir. Il fonctionnait en autonomie.

Elle se serait peut-être arrêtée là, cette histoire, mais le lendemain, alors qu'il était en train de se promener, seul, retournant dans sa tête cette phrase et tout

223

le reste, Bartleboom vit passer une voiture, une très belle, avec les bagages sur le dessus et un carton à chapeau. Elle se dirigeait vers la sortie de la ville. Et à l'intérieur, il la vit parfaitement, se trouvait Anna Ancher. Cheveux noirs de jais. Jolie petite tête. Tout y était. Même la répercussion dans les pantalons était identique à celle de la veille. Bartleboom comprit. Quoi qu'on dît de lui, c'était un homme qui, au besoin, savait prendre une décision, ça oui, quand il le fallait, il ne se dérobait pas. Il retourna donc chez lui, fit ses valises et se présenta, prêt à partir, chez sa fiancée, cette Maria Luigia Severina. Elle était là, celle-ci, tout occupée avec ses brosses, ses rubans et ses colliers.

– Maria Luigia...

– S'il te plaît, Ismaël, je suis déjà en retard...

– Maria Luigia, je désire t'informer que tu n'es plus fiancée.

– D'accord, Ismaël, nous en reparlerons plus tard.

– Et que par conséquent, moi non plus, je ne suis plus fiancé.

– C'est évident, Ismaël.

– Alors adieu.

Ce qu'il y avait de stupéfiant, chez cette femme, c'était la longueur de ses temps de réaction. On en a parlé bien souvent, Bartleboom et moi, de cette affaire, et il était absolument fasciné par ce phénomène, il l'avait même étudié, si l'on peut dire, et il avait fini par acquérir, sur la question, une compétence presque scientifique, et totale. En la circonstance, il savait donc parfaitement que le temps dont il disposait pour disparaître impunément de cette

maison oscillait entre vingt-deux et vingt-six secondes. Il avait calculé que cela lui serait amplement suffisant pour trouver une voiture. Et en effet, ce fut au moment précis où il posait son séant dans la voiture que l'air matutinal et limpide de Bad Hollen fut pulvérisé par un hurlement inhumain
– BAAAAAAARTLEBOOM !
Quelle voix, cette femme. Des années plus tard, à Bad Hollen, les gens racontaient encore que ç'avait été comme si quelqu'un, du haut du clocher, avait fait tomber un piano droit sur un entrepôt de lustres en cristal.
Il s'était informé, Bartleboom : les Ancher habitaient à Hollenberg, à cinquante-quatre kilomètres au nord de Bad Hollen. Il se mit en route. Il portait son costume des grandes occasions. Le chapeau aussi était son chapeau de gala. Il transpirait, certes, mais dans les limites de sécurité admises par la décence commune. La voiture courait sans problèmes le long de la route entre les collines. Tout semblait procéder de la meilleure façon possible.
Sur les paroles à dire à Anna Ancher, quand elle apparaîtrait devant lui, Bartleboom avait les idées claires :
– Mademoiselle, je vous attendais. Il y a si longtemps que je vous attends.
Et hop, il lui tendrait la boîte en acajou avec toutes les lettres, des centaines de lettres, à en tomber raide, d'étonnement, et de tendresse. C'était un bon plan, rien à dire. Bartleboom le tourna dans sa tête pendant tout le voyage, ce qui donne à réfléchir quant à la complexité du cerveau

225

de certains grands hommes d'étude et de pensée – ce qu'était sans aucun doute le prof. Bartleboom – chez lesquels la faculté sublime de se concentrer sur une idée, avec une acuité et une profondeur hors du commun, comporte le curieux corollaire de rebousculer instantanément et d'une manière singulièrement totale toutes les autres idées limitrophes, concomitantes et parentes. Des têtes folles, en quelque sorte. C'est ainsi que Bartleboom, par exemple, passa tout le voyage à vérifier l'exactitude logique et inattaquable de son plan, mais que parvenu à sept kilomètres d'Hollenberg, très précisément entre les villages d'Alzen et de Balzen, il se souvint qu'à la vérité, cette boîte en acajou, et par conséquent toutes les lettres, des centaines de lettres, *il ne l'avait plus*.

Ce sont des chocs, ça. Si vous voyez ce que je veux dire.

Et en effet, la boîte avec les lettres, Bartleboom l'avait donnée à Maria Luigia Severina, le jour de ses fiançailles. Pas véritablement convaincu, mais enfin il lui avait apporté le tout, avec une certaine solennité, en disant

– Je vous attendais. Il y a si longtemps que je vous attends.

Après les fameuses dix, douze secondes habituelles d'impasse, Maria Luigia avait écarquillé les yeux, allongé le cou, et, incrédule, proféré une seule et élémentaire parole

– Moi ?

« *Moi ?* » n'était pas exactement la réponse dont Bartleboom avait rêvé pendant des années, tandis

226

qu'il écrivait ces lettres et qu'il vivait solitaire, s'arrangeant comme il le pouvait. Il va de soi qu'il fut donc un peu déçu, en la circonstance, et ça se comprend. Ce qui explique également, que, par la suite, cette question des lettres, il ne soit pas revenu dessus, se contentant de vérifier que la boîte en acajou était toujours là, chez Maria Luigia, et seul Dieu savait si quelqu'un l'avait jamais ouverte. Ce sont des choses qui arrivent. Tu as des rêves, une chose à toi, intime, mais la vie en fait, elle ne veut pas jouer à ça, et elle te les démonte, un instant, une phrase, et tout se défait. Ce sont des choses qui arrivent. Et c'est pour cette raison-là que vivre est un triste métier. Il faut bien se résigner. Elle n'a pas de *gratitude,* la vie, si vous voyez ce que je veux dire.

De gratitude

Bon, bref.

Le problème était maintenant que la boîte était nécessaire mais se trouvait dans le pire des endroits possibles, c'est-à-dire quelque part chez Maria Luigia. Bartleboom descendit de voiture à Balzen, cinq kilomètres avant Hollenberg, passa la nuit à l'auberge, et le lendemain matin reprit une voiture dans l'autre sens, pour revenir à Bad Hollen. Son odyssée avait commencé. Une véritable odyssée, vous pouvez me croire.

Avec Maria Luigia, il utilisa la technique habituelle, ce n'était pas le moment de se tromper. Il entra sans se faire annoncer dans la chambre où elle languissait, au lit, pour soigner ses nerfs, et sans préambule lui dit

– Très chère, je suis venu chercher mes lettres.

– Elles sont sur l'écritoire, trésor, répondit-elle avec une certaine douceur. Puis, après exactement vingt-six secondes, elle lança une plainte égorgée et s'évanouit. Bartleboom, cela va de soi, avait déjà disparu. Il reprit une voiture, cette fois en direction d'Hollenberg, et, le soir du jour suivant, se présenta chez les Ancher. On l'accompagna jusqu'au salon, et là il manqua tomber raide, mais vraiment raide. Elle était au piano, la demoiselle, et elle était en train de jouer, avec sa jolie petite tête, ses cheveux de jais et tout le reste, de jouer, qu'on aurait dit un ange. Toute seule, là, elle, son piano, et rien d'autre. Incroyable. Bartleboom en resta pétrifié, sa boîte d'acajou dans les mains, sur le seuil du salon, confit sur place. Il n'arrivait même plus à transpirer. Il contemplait, c'est tout.

Quand la musique fut terminée, la demoiselle tourna les yeux vers lui. Définitivement charmé, il traversa le salon, arriva jusque devant elle, posa la boîte en acajou sur le piano et dit :

– Mademoiselle Anna, je vous attendais. Il y a si longtemps que je vous attends.

Cette fois encore, la réponse fut singulière.

– Je ne suis pas Anna.

– Pardon ?

– Je m'appelle Elisabetta. Anna, c'est ma sœur.
Des jumelles, si vous voyez ce que je veux dire.
Deux gouttes d'eau.

– Ma sœur est à Bad Hollen, aux Thermes. À une cinquantaine de kilomètres d'ici.

– Oui, je connais la route, merci.

Ce sont des chocs, ça. Il n'y a pas à dire. De vrais chocs. Par bonheur, Bartleboom, lui, était un homme de ressources, il y avait de la force d'âme à revendre, dans sa carcasse. Il se remit en route, destination Bad Hollen. Si c'était là que se trouvait Anna Ancher, c'était là qu'il devait aller. Simple. Ce fut à peu près à mi-chemin que les choses commencèrent à lui apparaître légèrement moins simples. Le fait est qu'il ne réussissait pas à se débarrasser de cette musique. Et le piano, les mains sur le clavier, la jolie petite tête aux cheveux de jais, toute cette apparition, en quelque sorte. Une chose qui semblait organisée par le démon, tellement c'était parfait. Ou par le destin, se dit Bartleboom. Il commença à ruminer, le professeur, sur cette histoire des jumelles, celle qui peignait, et celle qui jouait du piano, il ne s'y retrouvait plus, ce qui se conçoit, d'ailleurs. Plus le temps passait et moins il comprenait. On peut dire qu'à chaque kilomètre de route il y comprenait un kilomètre de moins. À la fin, il décida que s'imposait une pause de réflexion. Il descendit à Pozel, six kilomètres avant Bad Hollen. Et il y passa la nuit. Le lendemain, il prit la voiture pour Hollenberg : il s'était décidé pour la pianiste. Plus fascinante, avait-il pensé. Il changea d'idée au vingt-deuxième kilomètre : précisément à Bazel, où il descendit et passa la nuit. Il repartit le lendemain matin dans la voiture pour Bad Hollen – déjà intimement fiancé avec Anna Ancher, celle qui peignait – pour s'arrêter à Suzer, petit village à deux kilomètres de Pozel, où il lui apparut définitivement clair que si on parlait caractère il était plus taillé

pour Elisabetta, la pianiste. Durant les jours suivants, ses déplacements oscillatoires le portèrent de nouveau à Alzen, puis à Tozer, de là à Balzen, et dans l'autre sens jusqu'à Fazel, et de là, dans l'ordre, à Palzen, Rulzen, Alzen (pour la troisième fois) et Colzen. Les gens du coin avaient acquis la conviction qu'il s'agissait d'un inspecteur de quelque ministère. Ils le traitaient tous très bien. À Alzen, au troisième passage, il trouva même à l'attendre un comité municipal. Il n'en fit pas grand cas. Ce n'était pas quelqu'un de sensible aux honneurs. C'était un homme simple, Bartleboom, un grand bonhomme tout simple. Et juste. Vraiment.
Bon, bref.
Ça ne pouvait pas continuer éternellement, cette histoire. Même si les citoyens se montraient aimables. Tôt ou tard, ça devait finir. Et il le comprit, Bartleboom. Après douze jours de balancement passionné, il mit le costume qu'il fallait et s'orienta résolument vers Bad Hollen. C'en était fait : il vivrait avec une femme peintre. Il arriva le soir d'un jour férié. Anna Ancher n'était pas là. Elle n'allait pas tarder à rentrer. J'attends, fit-il. Et il s'installa dans un petit salon. Ce fut alors que, brusquement, lui revint en mémoire, foudroyante, une image élémentaire et dévastatrice : sa boîte en acajou, toute brillante, posée sur le piano chez les Ancher. Il l'avait oubliée là-bas. Ce sont des choses difficiles à comprendre, pour les gens normaux, moi par exemple, parce que c'est le mystère des esprits supérieurs, leur fonctionnement à eux, les engrenages du génie, capable d'acrobaties grandioses et de fou-

taises colossales. Lui, Bartleboom, c'était ce genre.
Des foutaises colossales, certaines fois. Quoi qu'il
en soit, il ne se démonta pas. Il se leva et, signalant
qu'il reviendrait plus tard, s'en alla passer la nuit
dans un petit hôtel hors de la ville. Le lendemain,
il prit la voiture pour Hollenberg. Il commençait à
avoir une certaine habitude de cette route, il était
en passe d'en devenir, si l'on peut dire, un véritable
spécialiste. S'il y avait eu une chaire à l'université
pour l'étude de cette route, c'est sûr, elle aurait été
pour lui, sans problème.

À Hollenberg, tout marcha parfaitement. La
boîte, effectivement, était là.
– J'aurais voulu vous l'envoyer mais je n'avais absolument aucune idée de l'endroit où je pouvais vous
trouver, lui dit Elisabetta Ancher d'une voix qui
aurait séduit même un sourd. Bartleboom vacilla un
instant mais se reprit.
– Peu importe, c'est très bien ainsi.
Il lui baisa la main et prit congé. Il ne ferma pas
l'œil de toute la nuit mais se présenta au matin,
ponctuel, à la première voiture pour Bad Hollen.
Un sacré voyage. À chaque arrêt, ce n'était que
salutations et festivités. Ils s'étaient affectionnés, les
gens, dans ce coin-là ils sont comme ça, sociables,
ils ne se posent pas tant de questions et ils te reçoivent le cœur sur la main. Vraiment. D'une laideur
réfrigérante, la région, il faut bien le dire, mais les
gens, eux, sont exquis, des gens comme on n'en fait
plus.
Bon, bref.
Avec l'aide de Dieu, Bartleboom arriva à Bad Hol-

len avec sa boîte en acajou, ses lettres et tout le reste. Il revint chez Anna Ancher et se fit annoncer. La femme peintre était en train de travailler à une nature morte, pommes, poires et faisans dorés, ce genre de choses, quoi, morts les faisans, évidemment, puisque c'était une nature morte. Elle tenait sa jolie petite tête légèrement inclinée sur le côté. Ses cheveux de jais encadraient son visage que c'en était un plaisir. S'il y avait eu en plus un piano, tu n'aurais pas douté un instant que c'était l'autre, celle d'Hollenberg. Mais c'était elle, celle de Bad Hollen. Deux gouttes d'eau, j'ai dit. Prodigieux, ce que la nature arrive à faire quand elle veut s'y mettre. Incroyable. Vraiment.

– Professeur Bartleboom, quelle surprise ! s'écria-t-elle.

– Bonjour, mademoiselle Ancher, répondit-il, ajoutant aussitôt : *Anna* Ancher, n'est-ce pas ?

– Oui, pourquoi ?

Il ne voulait pas courir de risque, le professeur. On ne sait jamais.

– Et qu'est-ce qui vous amène jusqu'ici, et me donne le bonheur de votre visite ?

– Ceci, répondit avec sérieux Bartleboom, posant devant elle la boîte en acajou et l'ouvrant sous ses yeux. Je vous attendais, Anna. Il y a si longtemps que je vous attends.

La femme peintre tendit le bras et referma la boîte d'un coup sec.

– Avant que notre conversation ne se poursuive, il est bon que je vous informe d'une chose, professeur Bartleboom.

– Tout ce que vous voulez, mon adorée.

– Je suis fiancée.

– Allons donc ?

– Je me suis fiancée il y a six jours avec le sous-lieutenant Gallega.

– Excellent choix.

– Merci.

Bartleboom remonta en pensée six jours plus tôt. C'était le jour où, arrivant de Rulzen, il s'était arrêté à Colzen avant de repartir pour Alzen. Au beau milieu de ses tribulations, en quelque sorte. Six jours. Six misérables jours. Entre parenthèses, ce Gallega était un vrai parasite, si vous voyez ce que je veux dire, un être insignifiant, et en un certain sens, même, nuisible. Une pitié. Réellement. Une pitié.

– Voulez-vous à présent que nous poursuivions ?

– Je crois que ce n'est plus la peine, répondit Bartleboom en reprenant sa boîte en acajou.

Sur la route qui le ramenait à son hôtel, le professeur tenta d'analyser froidement la situation et parvint à la conclusion qu'il y avait deux possibilités (circonstance, on l'aura noté, qui se présente avec une certaine fréquence, les possibilités étant généralement au nombre de deux, et très rarement de trois) : ou bien il s'agissait d'une petite anicroche déplaisante, et ce qu'il devait faire alors, c'était de provoquer en duel le susdit sous-lieutenant Gallega et s'en débarrasser. Ou bien c'était un signe clair du destin, un destin magnanime, et ce qu'il devait faire, alors, c'était retourner à Hollenberg au plus vite et épouser Elisabetta Ancher, pianiste incomparable.

Soit dit en passant, Bartleboon détestait les duels. Il avait énormément de mal à les supporter.

« Des faisans morts... », pensa-t-il avec un certain dégoût. Et il décida de partir. Assis à sa place, dans la première voiture du matin, il prit une fois encore la route pour Hollenberg. Il était d'humeur sereine et accueillit avec une bienveillante sympathie les manifestations joyeuses d'affection dont le gratifièrent en chemin les populations des villages de Pozel, Colzen, Tozer, Rulzen, Palzen, Alzen, Balzen et Fazel. Des gens sympathiques, je l'ai dit. À la tombée du soir, il se présenta, habillé de pied en cap et tenant sa boîte en acajou, chez les Ancher.

– Mademoiselle Elisabetta, s'il vous plaît, dit-il avec une certaine solennité au serviteur qui lui ouvrit la porte.

– Elle n'est pas là, monsieur. Elle est repartie ce matin pour Bad Hollen.

Incroyable.

Un homme d'une autre préparation morale et culturelle serait peut-être revenu sur ses pas et aurait pris la première voiture pour Bad Hollen. Un homme d'une moindre trempe psychique et nerveuse se serait peut-être abandonné aux expressions les plus convenues d'un abattement définitif et inguérissable. Mais Bartleboom était un homme probe et juste, de ceux qui ont un certain style quand il s'agit d'avaler les couleuvres du destin.

Bartleboom, lui, se mit à rire.

Mais à rire pour de bon, à s'en péter la panse, à s'en

plier en quatre de rire, impossible de l'arrêter, avec les larmes et tout, un spectacle, un rire babélien, océanique, apocalyptique, un rire qui n'en finissait plus. Les domestiques des Ancher ne savaient plus que faire, impossible qu'il se taise, ni de gré ni de force, et lui, il continuait à se démantibuler de rire, une chose embarrassante, et contagieuse qui plus est, on le sait, l'un commence et tout le monde suit, c'est la loi du fou rire, c'est comme un poison, tu veux essayer de garder ton sérieux mais tu ne peux pas, c'est inexorable, rien à faire, ils s'écroulaient les uns après les autres, les domestiques, lesquels n'avaient pourtant aucune raison de rire, et même, pour être exact, auraient eu des raisons de se faire du souci, de par cette situation embarrassante sinon même dramatique, mais ils s'écroulaient les uns après les autres, à rire comme des malades, à s'en pisser aux culottes, si vous voyez ce que je veux dire, oui, aux culottes, si on n'y prenait pas garde. À la fin, ils le portèrent sur un lit. Quoi qu'il en soit, à l'horizontale aussi il riait, et avec quel enthousiasme, avec quelle générosité, un prodige, vraiment, au milieu des hoquets, des larmes et des suffocations, irrépressible, prodigieux, vraiment. Une heure et demie plus tard, il était encore là qui riait. Et sans s'être arrêté un seul instant. Les domestiques, eux, étaient maintenant à bout de forces, ils sortaient en courant de la maison pour ne plus entendre ce hoquètement hilarant et contagieux, ils essayaient de fuir, les boyaux tordus par la douleur à force de tant s'esclaffer, ils essayaient de s'échapper, et on peut les comprendre, c'était une question de vie ou de mort, à présent.

Incroyable. Et puis, à un moment donné, Bartleboom, sans prévenir, s'arrêta net, comme une machine qui s'enraye, d'un seul coup il redevint sérieux, regarda autour de lui et, avisant le domestique qui était le plus à sa portée, lui dit, très sérieusement :

– Avez-vous vu une boîte en acajou ?

Ça ne lui paraissait pas croyable, à celui-là, de pouvoir se rendre utile, pourvu que ça s'arrête.

– La voilà, monsieur.

– Eh bien, je vous en fais cadeau, dit Bartleboom, et il éclata de rire, à nouveau, comme un fou, comme s'il avait dit dieu sait quelle réplique irrésistible, la plus belle de toute sa vie, la plus énorme, si on peut dire, une réplique du tonnerre. À partir de là, il ne s'arrêta plus.

La nuit, il la passa tout entière à rire. Hormis pour les domestiques des Ancher, qui se déplaçaient maintenant avec de l'étoupe dans les oreilles, c'était une affaire ennuyeuse pour la petite ville tout entière, Hollenberg-la-paisible, car les rires de Bartleboom, on le comprend, franchissaient les limites de la maison proprement dite et déferlaient à plaisir dans ce silence nocturne. Dormir, il n'en était même pas question. C'était déjà beaucoup si on parvenait à garder son sérieux. Et dans un premier temps, on y parvenait, d'ailleurs, à garder son sérieux, ne serait-ce que par irritation d'un tapage si inopportun, mais ensuite, bien vite, le bon sens partait en quenouille et le microbe du fou rire commençait à déferler, irrépressible, à les dévorer tous, indistinctement, hommes et femmes, sans parler des enfants, vraiment tous. Comme une épidémie. Il y avait des maisons où on n'avait pas ri depuis des mois, à ne même plus se rappeler comment on faisait. Des gens coulés à pic dans leurs propres rancœurs, et dans la misère. Pas même le luxe d'un sourire, pendant des mois. Et cette nuit-là, tous à rigoler, tous, à s'en retourner les boyaux, jamais on n'avait vu ça, ils avaient peine à se reconnaître, une fois tombé le masque de leurs sempiternelles ritournelles, une fois le rire ouvert en grand, au beau milieu de leur figure. Une révélation. Il y avait de quoi reprendre goût à la vie, à voir se rallumer une à une les lumiè-res, dans cette petite ville, et à entendre les maisons crouler sous les rires, sans qu'il y ait rien sur quoi rire, comme ça, par miracle, comme si précisément, cette nuit-là, il s'était mis à déborder, le tonneau de la collective et unanime patience, et qu'à la santé de toutes les misères, la petite ville tout entière se fût laissé inonder par les flots sacro-saints de la rigolade. Un concert qui touchait l'âme. Une mer-veille. Bartleboom, lui, dirigeait le chœur. C'était son heure, si on peut dire. Et lui, il dirigeait tout ça, en maestro. Une nuit mémorable, je vous le dis. Vous n'avez qu'à demander. Ceux qui ne vous diront pas que ce fut une nuit mémorable, ce sont des moins-que-rien.

Bon, bref.

Aux premières lueurs de l'aube, ça se calma d'un coup. Bartleboom, je veux dire. Puis, de fil en aiguille, la petite ville tout entière. Ils cessèrent de rire, par instants, puis définitivement. Comme c'était venu, c'était reparti. Bartleboom demanda à manger. L'épisode, on le comprend, lui avait donné une très grande faim. Ce n'est pas rien, de rire pendant tout ce temps, et avec un tel enthousiasme. Question santé, par contre, il avait tout l'air d'en avoir à revendre.

– Jamais senti aussi bien, confirma-t-il à la délégation des citoyens qui, reconnaissants, en un certain sens, et de toute façon intrigués, vinrent s'informer de son état. Il s'était fait de nouveaux amis, en quelque sorte, Bartleboom. Décidément, dans ce coin-là, le destin voulait qu'il finisse par se lier avec les gens. Ça allait de travers avec les femmes, c'est un fait, mais pour ce qui est des gens, Bartleboom paraissait vraiment né pour le coin. Vraiment. Quoi qu'il en soit, il se leva, salua tout le monde et s'apprêta à se remettre en route. Il avait une idée précise, quant à ça.

– Quelle est la route pour la capitale ?

– Il vous faudrait revenir à Bad Hollen, monsieur, et de là prendre...

– Ce n'est même pas la peine d'en parler, et il s'en alla vers la direction opposée, dans la calèche d'un voisin, un type qui était forgeron, un talent, dans sa branche, un réel talent. Il avait passé la nuit à s'écarteler de rire. Il avait une dette de reconnaissance, en quelque sorte. Ce jour-là, il ferma sa forge, et il emmena Bartleboom loin de ces lieux, et de ces souvenirs, et de tout le reste, au diable, il n'y reviendrait plus jamais, le professeur, cette histoire était finie, bien ou mal elle était finie, une fois pour toutes, sacredieu. Finie.

Et voilà.

Après, il n'a plus essayé, Bartleboom. De se marier. Il disait que le temps était passé, et qu'on ne lui en parle plus. Moi, je pense qu'il en souffrit un peu, de cette histoire, mais il ne te le faisait pas peser, ce n'était pas son genre, ses tristesses il les gardait pour lui, et il savait passer par-dessus. Il était de ceux qui, quoi qu'il arrive, se font une idée heureuse de la vie. Un homme en paix, si vous voyez ce que je veux dire. Pendant les sept années où il a habité ici, à l'étage en dessous, ce fut toujours une joie de l'avoir là, en dessous de nous, et chez nous, bien souvent, comme quelqu'un de la famille, et d'une certaine manière il l'était. D'ailleurs, il aurait pu habiter dans un tout autre quartier, lui, avec tout cet argent qui lui arrivait les derniers temps, en héritage, précisons, ses tantes qui tombaient l'une après l'autre, comme des pommes mûres, Dieu ait leur âme, toute une procession de notaires, les testaments les uns après les autres, et tous, de gré ou de force, qui apportaient des liquidités dans les poches de Bartleboom. Bref, s'il l'avait voulu, il aurait pu vivre n'importe où ailleurs. Mais il resta là. Il disait qu'on y était bien, dans ce quartier. Il savait apprécier, si on peut dire. C'est à ces choses-là aussi que tu le vois, un homme.

Son Encyclopédie des limites et cetera, il continua à y travailler jusqu'au dernier moment. Il s'était mis à la réécrire, maintenant. Il disait que la science faisait des pas de géant et que tout compte fait on n'en finissait jamais de mettre à jour, de préciser, de corriger, de peaufiner. Ça le fascinait, cette idée qu'une Encyclopédie sur les limites finisse par devenir un livre qui n'avait jamais de fin. Un livre infini. C'était absurde, quand on y pense, et lui ça le faisait rire, il m'expliquait ça, encore et encore, émerveillé, et amusé aussi. Un autre en aurait peut-être souffert. Mais lui, je l'ai dit, certains raisonnements, il n'était pas fait pour. Il était léger, lui.

Même mourir, ça va de soi, il le fit à sa façon. Sans grand spectacle, à mi-voix. Il se mit au lit, un jour, il ne se sentait pas très bien, et une semaine après tout était fini. On n'arrivait pas à voir s'il souffrait ou non, d'ailleurs, pendant ces jours-là, je lui demandais mais ce qui comptait pour lui c'était qu'on ne soit pas tristes, les uns et les autres, pour cette histoire de rien. Ça l'embêtait de déranger. Une fois seulement il me demanda si je voulais bien lui installer une des fameuses toiles de son ami peintre, l'accrocher au mur, juste devant son lit. Ça encore, c'était une histoire incroyable, celle de la collection des Plasson. Presque tous blancs, croyez-moi ou pas. Mais lui, il y tenait énormément. Celui que je lui ai installé ce jour-là était vraiment blanc, lui aussi, tout blanc, et il l'a choisi entre tous, et je l'ai installé pour qu'il puisse bien le voir, depuis son lit. Il était blanc, je le jure. Mais lui, il le regardait, il se le tournait à l'intérieur des yeux, si on peut dire.

– La mer, disait-il doucement.

Il mourut au matin. Il ferma les yeux et ne les rouvrit pas. Simple.

Je ne sais pas, moi. Il y a des gens qui meurent et, sauf le respect, ça n'est pas une grande perte. Mais lui, c'était un de ceux, quand ils ne sont plus là, tu le sens. Comme si le monde entier devenait, d'un jour à l'autre, un peu plus lourd. Si ça se trouve, cette planète, et tout le reste, ça ne flotte dans les airs que parce qu'il y a plein de Bartleboom qui sont là et qui s'occupent de la faire tenir, si ça se trouve. Avec cette légèreté qu'ils ont. Ils n'ont peut-être pas des têtes de héros, mais c'est quand même eux qui veillent au grain. Ils sont comme ça. Lui, Bartleboom, il était comme ça. Pour dire : c'était quelqu'un qui pouvait te prendre par le bras, un jour comme les autres, dans la rue, et te dire en grand secret

– Moi, une fois, j'ai vu les anges. Ils étaient juste sur le bord de la mer.

Sans compter que lui, Dieu, il n'y croyait pas, c'était un savant, pour les choses d'église il n'était pas très disposé, si vous voyez ce que je veux dire. Mais il avait vu les anges. Et il te le disait. Il te prenait par le bras, un jour comme les autres, dans la rue, et avec de l'émerveillement dans les yeux, il te le disait.

– Moi, une fois, j'ai vu les anges.

Peut-on ne pas l'aimer, un homme comme celui-là ?

6. SAVIGNY

– Ainsi vous nous quittez, docteur Savigny...
– Oui, monsieur.
– Et vous avez décidé de rentrer en France.
– Oui.
– Ce ne sera pas facile pour vous... je veux dire, la curiosité des gens, les gazettes, les politiciens... J'ai peur qu'on n'ait ouvert une véritable chasse aux survivants de ce radeau..
– On me l'a dit.
– C'est presque devenu une affaire nationale. Ce sont des choses qui arrivent, quand la politique s'en mêle...
– Tôt ou tard, vous verrez, tout le monde oubliera cette histoire.
– Je n'en doute pas, cher Savigny. Tenez : ce sont vos papiers d'embarquement.
– Je vous dois beaucoup, capitaine.
– Ne le répétez pas.
– Et quant à votre docteur, je lui dois peut-être la vie... il a fait des miracles.
– Savigny, si nous nous mettons à faire le compte

des miracles, dans cette histoire, nous n'en finirons plus. Allez. Et que la chance soit avec vous.

– Merci, capitaine... Ah, une chose, encore.

– Dites.

– Ce... ce timonier... Thomas... il paraît qu'il s'est échappé de l'hôpital...

– Oui, c'est une histoire étrange. Bien sûr, ici, ce ne serait pas arrivé, mais là-bas, à l'hôpital civil, vous imaginez aisément de quelle manière...

– Et on ne sait rien d'autre, à son sujet ?

– Non, pour le moment, non. Mais il ne peut pas être allé bien loin, dans l'état où il était. Le plus probable est qu'il est mort, quelque part...

– Mort ?

– Disons que c'est le moins qu'on puisse imaginer pour quelqu'un qui... ah, pardonnez-moi : c'était peut-être un ami à vous ?

– Ce ne sera pas difficile, Savigny, vous devrez juste répéter ce que vous avez écrit dans votre mémorial. À propos, vous avez dû vous faire un beau paquet d'argent, non ? avec ce petit livre... on ne lit que ça dans les salons...

– Je vous ai demandé s'il est vraiment nécessaire que je me présente à l'audience.

– Ah mais, bien sûr que non ce ne serait pas nécessaire, mais c'est un fichu procès, nous avons les yeux du pays tout entier fixés sur nous, impossible de bien travailler... tout est fait aux termes de la loi, absurde...

– Chaumareys sera là lui aussi...

– Bien sûr qu'il y sera... il veut se défendre lui-même, d'ailleurs… mais il n'a pas une seule chance, zéro, les gens veulent sa tête et ils l'auront.

– Ça n'a pas été uniquement de sa faute.

– Peu importe, Savigny. C'était lui le capitaine, c'est lui qui a mené *L'Alliance* dans ces marais, c'est lui qui a décidé de l'abandonner, et c'est encore lui, pour clore en beauté, qui vous a laissé partir à la dérive sur ce piège infernal…

– C'est bon, c'est bon, laissez tomber. Nous nous reverrons à l'audience.

– Il y a autre chose, cependant…

– Laissez-moi, Parpeil, je dois m'en aller.

– *Maître* Parpeil, si vous voulez bien.

– Adieu.

– Non, vous ne pouvez pas vous en aller.

– Qu'y a-t-il encore ?

– Oh, une petite chose ennuyeuse… rien du tout, mais vous le savez, mieux vaut être prudent… bref, des rumeurs circulent, il paraît que quelqu'un a écrit un… disons un journal, une sorte de journal de ces semaines sur le radeau… il paraît que c'est un marin, ce qui en dit long déjà sur le sérieux de la chose… imaginez-vous, un marin qui *écrit,* c'est absurde, évidemment, mais quoi qu'il en soit, il paraît qu'un des survivants…

– Thomas. Thomas savait écrire.

– Pardon ?

– Non, rien.

– Eh bien, bref, dans ce journal, il paraît qu'il y a des choses… en un certain sens… embarrassantes, disons… bref, il ne raconte pas tout à fait l'histoire comme vous l'avez racontée, vous et les autres…

247

— Et il lisait. Des livres. Il savait lire et écrire.

— Bon Dieu, mais allez-vous m'écouter ?

— Oui ?

— Essayez de comprendre, il n'en faut pas beaucoup pour faire lever bel et bien une calomnie... qui peut au passage vous démolir... bref, je me demandais si, à l'occasion, vous seriez prêt à mettre une certaine somme d'argent, vous m'avez compris, il n'y a pas d'autre moyen de se défendre contre la calomnie, et d'ailleurs il vaut mieux étouffer les choses avant que... Savigny ! Où diable partezvous ? Savigny ! Vous savez, n'y voyez aucune offense, je disais ça pour votre bien, parce que je suis du métier...

— Votre déposition nous a été très précieuse, docteur Savigny. La Cour vous remercie et vous invite à vous asseoir.

— ...

— Docteur Savigny...

— Oui, veuillez m'excuser, je voulais...

— Avez-vous quelque chose à ajouter ?

— Non... ou plutôt... juste une chose... Je voulais dire que... la mer, c'est différent... on ne peut pas juger ce qui arrive là-bas... la mer, c'est autre chose.

— Docteur, ceci est un tribunal de la Marine Royale : le tribunal sait parfaitement ce que c'est que la mer.

— Vous croyez ?

— Croyez-moi, la lecture de votre délicieux petit livre m'a causé une émotion... une émotion trop forte, même, pour une vieille dame comme moi...

– Marquise, mais que dites-vous là…
– C'est la vérité, docteur Savigny, ce livre est si…
comment pourrais-je dire… réaliste, voilà, je le lisais
et j'avais l'impression d'être là-bas sur ce radeau,
au milieu de la mer, j'en avais des frissons…
– Vous me flattez, marquise.
– Non, non… ce livre est vraiment…
– Bonjour, docteur Savigny.
– Adèle…
– Adèle, ma fille, on ne fait pas attendre si long-
temps un homme aussi occupé que le docteur…
– Oh, je suis sûre que vous l'aurez torturé de mille
questions sur ses aventures, n'est-ce pas, Savigny ?
– C'est un plaisir de converser avec votre mère.
– Encore un peu et le thé était presque froid.
– Vous êtes splendide, Adèle.
– Merci.
– Encore une tasse, docteur ?

– Il avait les yeux noirs ?
– Oui.
– Grand de taille, les cheveux noirs, lisses…
– Attachés derrière la nuque, monsieur.
– Un marin ?
– Ça aurait pu. Mais il était habillé… normalement,
presque élégant.
– Et il n'a pas dit son nom.
– Non. Il a seulement dit qu'il reviendrait.
– Qu'il reviendrait ?

– Nous l'avons trouvé dans une pension au bord du
fleuve… un hasard… nous cherchions deux déser-

teurs, et nous l'avons trouvé, lui... il dit s'appeler Philippe.

– Et il n'a pas essayé de s'enfuir ?

– Non, il a protesté, il voulait savoir pourquoi on l'embarquait... tous les mêmes... Par ici, Savigny.

– Et vous, que lui avez-vous dit ?

– Rien. La police n'est pas obligée d'expliquer pourquoi elle arrête quelqu'un, par les temps qui courent. Bien sûr, nous ne pourrons pas le garder longtemps, si nous ne trouvons pas une bonne raison... mais vous allez vous en occuper, n'est-ce pas ?

– Bien sûr.

– Tenez, venez. Non, ne vous penchez pas trop. Il est là, vous le voyez ? le dernier de la file.

– Celui qui est appuyé contre le mur ?

– Oui. C'est lui ?

– Je crains que non.

– Non ?

– Non, je regrette.

– Mais la description est la même, il correspond.

– Il correspond, mais ce n'est pas lui.

– Savigny... écoutez-moi un instant... Vous êtes peut-être un héros du Royaume, vous êtes peut-être le grand ami de tous les ministres du monde, mais ce type, là-bas, est déjà le quatrième que...

– Tant pis. Vous avez déjà fait beaucoup.

– Non, écoutez-moi. Nous ne le retrouverons jamais, cet homme, et vous savez pourquoi ? Parce que cet homme est mort. Il s'est échappé d'un hôpital pouilleux du coin le plus crasseux d'Afrique, il a fait deux ou trois kilomètres dans quelque désert

250

infernal, et là il s'est fait griller par le soleil jusqu'à en crever. Point final. Cet homme, en ce moment, il est à l'autre bout du monde en train d'engraisser les dunes de sable.

– Cet homme, en ce moment, est dans cette ville, et il ne va pas tarder à me retrouver. Regardez ceci.

– Une lettre ?

– Il y a deux jours, quelqu'un l'a laissée devant ma porte. Lisez, lisez donc…

– Juste une phrase…

– Mais très claire, non ?

– *Thomas*…

– Thomas. C'est vous qui avez raison, Pastor. Vous ne le trouverez jamais, cet homme-là. Mais non parce qu'il est mort. Parce qu'il est *vivant*. Il est plus vivant que vous et moi réunis. Il est vivant comme le sont les animaux en chasse.

– Savigny, je vous assure que…

– Il est vivant. Et à l'inverse de moi, il a une excellente raison de le rester.

– Mais c'est une folie, Savigny ! Un brillant docteur comme vous, une célébrité, désormais… juste au moment où les portes de l'Académie s'apprêtent à s'ouvrir en grand devant vous… Vous le savez très bien, votre étude sur les effets de la faim et de la soif… bref, et même si je la juge, pour ma part, plus romanesque que scientifique…

– Baron…

– … quoi qu'il en soit, elle a énormément impressionné mes collègues et j'en suis heureux pour vous, l'Académie s'incline devant votre charme et… et aussi devant vos… vos douloureuses expériences…, je comprends… mais ce que je ne comprends pas, c'est pourquoi vous vous êtes mis en tête, précisément maintenant, d'aller vous cacher dans un trou perdu de province pour devenir, que ne faut-il pas entendre, *médecin de campagne,* c'est bien cela ?

– Oui, Baron.

– Ah, toutes mes félicitations… il n'y a pas un seul médecin, dans toute cette ville, qui ne voudrait pas, que dis-je, qui ne *rêverait* pas d'avoir votre nom et votre brillant avenir, et vous, que décidez-vous ? D'aller exercer dans un petit village… quel petit village, d'ailleurs ?

– À la campagne.

– Cela, je l'ai bien compris, mais où ?

– Loin.

– Dois-je en déduire qu'il n'est pas possible de savoir où ?

– Ce serait mon souhait, Baron.

– Absurde. Vous êtes navrant, Savigny, vous êtes inqualifiable, irréfléchi, exécrable. Je ne trouve aucune justification plausible à votre attitude impardonnable et… et… je n'arrive à me dire autre chose que ceci : vous êtes fou !

– Je ne veux pas le devenir, Baron, ce qui est différent.

– Voilà… c'est Charbonne… vous voyez, là-bas ?

– Oui.

– C'est une jolie petite ville. Vous vous y trouverez bien.

– Oui.

252

– Remontez-vous un peu, docteur... comme ça.
Tenez-moi ceci un instant, voilà... Vous avez déliré
toute la nuit, il faut faire quelque chose...
– Je t'avais dit que ce n'était pas la peine de rester,
Marie.
– Qu'est-ce que vous faites ?... vous n'allez quand
même pas vous lever...
– Bien sûr que si, je vais me lever...
– Mais vous ne pouvez pas...
– Marie, c'est moi le docteur.
– Oui, mais vous ne vous êtes pas vu cette nuit...
vous étiez vraiment mal, vous aviez l'air d'un fou,
vous parliez aux fantômes, et vous avez crié...
– J'ai crié ?
– Vous en aviez après la mer.
– Ahhh, encore ?
– Vous aviez des mauvais souvenirs, docteur. Et les
mauvais souvenirs, ça gâche l'existence.
– C'est une mauvaise existence, Marie, qui gâche
les souvenirs.
– Mais vous, vous n'êtes pas mauvais.
– J'ai fait des choses, là-bas. C'étaient des choses
horribles.
– Pourquoi ?
– C'étaient des choses horribles. Personne ne pour-
rait les pardonner. Personne ne me les a pardon-
nées.
– Il ne faut plus y penser...
– Et ce qui est plus horrible encore, c'est ceci :
je sais qu'aujourd'hui, si j'étais de nouveau là-bas, je
referais les mêmes choses.

– Arrêtez, docteur…

– Je sais que je referais les mêmes, exactement pareil. Ce n'est pas monstrueux, ça ?

– Docteur, s'il vous plaît…

– Ce n'est pas monstrueux ?

– Les nuits commencent à redevenir fraîches…

– Oui.

– J'aimerais vous raccompagner jusque chez vous, docteur, mais je ne veux pas laisser ma femme seule…

– Non, ne vous dérangez pas.

– Cependant… je veux que vous sachiez que cela me fait très plaisir de converser avec vous.

– À moi aussi.

– Vous savez, quand vous êtes arrivé, il y a un an, on disait que vous étiez…

– Un médecin de la capitale, arrogant et hautain…

– Oui, plus ou moins. Les gens, ici, sont soupçon-neux. Ils se font de drôles d'idées, quelquefois.

– Savez-vous ce qu'ils m'ont dit, sur vous ?

– Que j'étais riche.

– Oui.

– Et taciturne.

– Oui. Mais aussi que vous étiez un homme bon.

– Je vous l'ai dit : ce sont des gens qui se font de drôles d'idées.

– C'est curieux. Penser que je vais rester ici. Pour quelqu'un comme moi…, un arrogant médecin de la capitale… Penser que je vais vieillir ici.

– Vous me semblez encore un peu trop jeune pour

commencer à penser à l'endroit où vous allez vieillir,
ne croyez-vous pas ?

– Peut-être avez-vous raison. Mais ici, on est tellement loin de tout… Je me demande s'il y aura
jamais quelque chose qui pourra m'en faire partir.

– N'y pensez pas. Si cela arrive, ce sera quelque
chose de beau. Et sinon, cette petite ville sera heureuse de vous garder en son sein.

– C'est un honneur de me l'entendre dire par le
maire en personne…

– Ah, ne dites pas cela, je vous en prie…

– À présent, il faut vraiment que je m'en aille.

– Oui. Mais revenez, et quand vous voulez. Vous
me ferez un grand plaisir. Et ma femme également
en sera très heureuse.

– Vous pouvez y compter.

– Alors, bonne nuit, docteur Savigny.

– Bonne nuit, monsieur Devéria.

7. ADAMS

Il resta éveillé pendant plusieurs heures, après le coucher du soleil. Le dernier temps d'innocence de toute une vie.

Puis il sortit de sa chambre, et silencieusement remonta le couloir, puis s'arrêta devant la dernière porte. Pas de clés, dans la pension Almayer.

Une main posée sur la poignée, l'autre serrant un petit chandelier. Instants pareils à des aiguilles. La porte s'ouvrit sans bruit. Silence et obscurité, dans la chambre.

Il entra, posa le chandelier sur l'écritoire, referma la porte derrière lui. Le déclic de la serrure claqua dans la nuit : dans la pénombre, entre les couvertures, quelqu'un bougea.

Il s'approcha du lit et dit :
– C'est fini, Savigny.
Une phrase comme un coup de sabre. Savigny se dressa dans le lit, fouetté par un frisson de terreur. Il fouilla des yeux la tiède lumière de ces quelques chandelles, vit luire la lame d'un couteau et, immo·

bile, le visage d'un homme que pendant des années il avait cherché à oublier.

– Thomas...

Ann Devéria le regarda, égarée. Elle se souleva sur un bras, regarda autour d'elle dans la chambre, sans comprendre, chercha à nouveau le visage de son amant, se glissa contre lui.

– Que se passe-t-il, André ?

Lui, il continuait de regarder, terrorisé, devant lui.

– Thomas, arrête-toi, tu es fou...

Mais Thomas ne s'arrêta pas. Il vint près du lit, leva son couteau et le baissa avec violence, une fois, deux fois, trois fois. Les couvertures se gorgèrent de sang.

Ann Devéria n'eut pas même le temps de crier. Stupéfaite, elle fixa cette marée sombre qui se répandait sur elle, et elle sentit la vie s'en aller de son corps ouvert, si vite qu'elle n'eut même pas le temps d'une pensée. Elle retomba en arrière, ses yeux grands ouverts qui ne voyaient plus rien.

Savigny tremblait. Il y avait du sang partout. Et un silence absurde. La pension Almayer reposait. Immobile.

– Lève-toi, Savigny. Et prends-la dans tes bras.

La voix de Thomas résonnait, tranquille et inexorable. Ce n'était pas encore fini, non.

Savigny était comme en transe. Il se mit debout, souleva le corps d'Ann Devéria et, le tenant dans ses bras, se laissa guider hors de la chambre. Il était incapable de dire un seul mot. Il ne voyait plus rien, et il n'arrivait à penser à rien. Il tremblait, c'est tout.

Étrange, ce petit cortège. Le corps magnifique d'une femme porté en procession. Un fardeau de sang sur les bras d'un homme qui se traîne en tremblant, suivi par une ombre impassible serrant dans sa main un couteau. Ils traversèrent ainsi la pension, puis sortirent sur la plage. Un pas après l'autre, dans le sable, jusqu'au bord de la mer. Un sillage de sang, derrière. Un peu de lune, dessus.

– Ne t'arrête pas, Savigny.

Vacillant, il marcha dans l'eau. Il sentait ce couteau appuyé contre son dos, et sur ses bras un poids qui devenait énorme. Comme une marionnette, il se traîna sur quelques mètres. Ce fut cette voix qui l'arrêta.

– Écoute ça, Savigny. C'est le bruit de la mer. Ce bruit et ce poids sur tes bras, que cela te poursuive pendant tout le temps qu'il te reste à vivre.

Il le dit lentement, sans émotion et avec une once de fatigue. Puis il laissa tomber le couteau dans l'eau, tourna le dos et remonta vers la plage. Il la traversa, en suivant ces taches sombres, figées dans le sable. Il marchait doucement, sans plus de pensées ni d'histoire.

Cloué au seuil de la mer, avec les vagues qui écumaient entre ses jambes, Savigny resta immobile, incapable d'aucun geste. Il tremblait. Et pleurait. Un pantin, un enfant, une épave. Il ruisselait de sang et de larmes : cire d'une chandelle que plus personne jamais n'éteindrait.

261

Adams fut pendu, sur la place de Saint-Amand, à l'aube du dernier jour d'avril. Il pleuvait fort, mais nombreux furent les gens qui sortirent de chez eux pour goûter le spectacle. On l'enterra le même jour. Nul ne sait où.

8. LA SEPTIÈME CHAMBRE

La porte s'ouvrit, et de la septième chambre sortit un homme. Il s'arrêta un pas après le seuil et regarda autour de lui. Elle semblait déserte, la pension. Pas un bruit, pas une voix, rien. Par les petites fenêtres du corridor, le soleil pénétrait, découpant la pénombre et projetant sur les murs les petites traces d'un matin clair et lumineux.

À l'intérieur de la chambre, tout avait été remis en ordre avec une bonne volonté soigneuse mais expéditive. Une valise pleine, encore ouverte, sur le lit. Des piles de feuilles, sur le bureau, des crayons, des livres, une lampe éteinte. Deux assiettes et un verre, sur le rebord de la fenêtre. Sales mais empilés. Le tapis, par terre, faisait une grande corne, comme si quelqu'un y avait fait une marque pour se rappeler quelque chose, un jour. Sur le fauteuil, il y avait une grande couverture, pliée tant bien que mal. On apercevait, accrochés au mur, deux tableaux. Identiques.

Laissant la porte ouverte derrière lui, l'homme parcourut le corridor, descendit l'escalier en chantonnant un petit refrain indéchiffrable, et s'arrêta devant la réception – si on peut l'appeler ainsi. Dira n'était pas là. Il y avait le grand livre habituel, ouvert sur le pupitre. L'homme se mit à lire, en rajustant sa chemise dans son pantalon. Rigolos, ces noms. Décidément, c'était la pension la plus déserte de toute l'histoire des pensions désertes. Il entra dans le grand salon, se promena un peu entre les tables, respira un bouquet de fleurs en train de vieillir dans un affreux vase en cristal, s'approcha de la porte vitrée et l'ouvrit.

Cet air. Et la lumière.

Il dut fermer à demi les yeux, tellement elle était forte, et se serrer dans sa veste, avec tout ce vent, le vent du nord.

La plage tout entière, devant. Il posa ses pieds sur le sable. Il les regardait comme s'ils venaient de rentrer d'un long voyage. Il semblait sincèrement étonné de les voir à nouveau là. Il releva la tête, et sur son visage il y avait cette expression qu'ont les gens, parfois, quand ils ont vraiment la tête vide, vidée, heureuse. Ce sont des moments bizarres. Tu serais capable, sans savoir pourquoi, de faire n'importe quoi d'idiot. Lui, il fit quelque chose de très simple. Il se mit à courir, mais à courir comme un fou, à perdre haleine, trébuchant et se relevant, sans s'arrêter, courant le plus vite possible, comme si l'enfer le poursuivait, mais personne ne le poursuivait, non, c'était lui qui courait, voilà tout, lui tout seul, le long de cette plage déserte, les yeux écarquillés et le cœur battant la chamade, en le voyant tu te serais dit : Il ne va plus jamais s'arrêter.

Assis sur son rebord de fenêtre habituel, les jambes pendant dans le vide, Dood détacha son regard de la mer, se tourna vers la plage et le vit.

Il courait comme un dieu, rien à dire.

Il sourit, Dood.

– Il a fini.

À côté de lui, il y avait Ditz, celui qui inventait des rêves et ensuite t'en faisait cadeau.

– Ou bien il est devenu fou, ou bien il a fini.

L'après-midi, tous, au bord de la mer, à lancer des pierres plates pour les faire ricocher, à lancer des pierres rondes pour entendre le plouf. Ils étaient là, tous : Dood, descendu exprès de son rebord de fenêtre, Ditz, celui des rêves, Dol, qui avait vu tellement de bateaux pour Plasson. Dira était là. Et la petite fille très jolie qui dormait dans le lit d'Ann Devéria, dieu sait comment elle pouvait s'appeler. Tous là : à lancer des pierres dans l'eau et à écouter cet homme sorti de la septième chambre. Tout doucement, il parlait.

– Vous devez imaginer deux personnes qui s'aiment… qui s'aiment. Et lui, il doit partir. Il est marin. Il part sur la mer, pour un long voyage. Alors elle, de ses propres mains, elle brode un mouchoir de soie… et dessus, elle brode son nom.

– June.

– June. Elle le brode avec un fil rouge. Et elle se dit : il le portera toujours sur lui, et ce mouchoir le protégera des dangers, des tempêtes, des maladies…

– Des gros poissons.

– ... des gros poissons...

– Des poissons-bananes.

– ... de tout. Elle en est sûre. Mais elle ne va pas lui donner tout de suite, non. D'abord elle le porte à l'église de son village et elle dit au curé : Vous devez le bénir. Il doit protéger mon amour, et il faut que vous le bénissiez. Alors le curé l'étale là, devant lui, il se penche un peu et du bout du doigt trace une croix dessus. Il dit une phrase dans une langue étrange, et du bout du doigt il trace une croix dessus. Est-ce que vous voyez ? Un tout petit geste. Le mouchoir, ce doigt, la phrase du curé, ses yeux à elle, qui sourient. Vous avez bien tout présent à l'esprit ?

– Oui.

– Alors imaginez maintenant. Un bateau. Un grand. Il s'apprête à partir.

– Le bateau du marin de tout à l'heure ?

– Non. Un autre bateau. Mais qui s'apprête à partir, lui aussi. On l'a bien nettoyé partout. Il est là, qui flotte sur l'eau du port. Et devant lui, il a des kilomètres et des kilomètres d'océan qui l'attendent, l'océan avec toute sa force immense, l'océan qui est fou, il sera peut-être calme, mais il va peut-être aussi le broyer dans son poing, et l'engloutir, qui sait ? Personne ne parle, mais ils le savent tous, que l'océan est puissant. Et alors, sur ce bateau-là, monte un petit homme, habillé de noir. Tous les marins sont sous le couvert, avec leur famille, les femmes, les enfants, les mères, tout le monde est là, debout, silencieux. Le petit homme marche sur le bateau, en murmurant quelque chose tout bas. Il va jusqu'à la proue, puis il fait demi-tour, il marche lentement parmi les cordages, les voiles repliées, les tonneaux, les filets. Il continue à murmurer des choses étranges, pour lui-même, et il n'y a pas un seul coin du bateau où il ne passe pas. À la fin, il s'arrête, au milieu du pont. Et il se met à genoux. Il baisse la tête et continue de murmurer dans cette langue étrange, on dirait qu'il lui parle, au bateau, qu'il lui dit quelque chose. Et puis, tout à coup, il se tait et, d'une main, lentement, trace le signe d'une croix sur ces planches de bois. Le signe d'une croix. Et tous, alors, se tournent vers la mer, et ils ont le regard des vainqueurs, parce qu'ils savent que ce bateau-là reviendra, c'est un bateau bénit, il défiera l'océan et il reviendra, rien ne peut plus lui faire de mal. C'est un bateau bénit.

Ils ne lançaient même plus de pierres dans l'eau. Ils restaient immobiles, maintenant, à écouter. Assis sur le sable, tous les cinq, et tout autour, sur des kilomètres, personne.

– Vous avez bien compris ?

– Oui.

– Vous avez tout ça, bien précis, dans les yeux ?

– Oui.

– Alors écoutez bien. Parce que c'est ici que ça devient difficile. Un vieil homme. Avec la peau très très blanche, les mains maigres, il marche péniblement, avec lenteur. Il remonte la rue principale d'un village. Derrière lui, des centaines et des centaines de personnes, tous les gens du coin, qui défilent et qui chantent, ils ont mis leurs plus beaux habits, personne ne manque à l'appel. Le vieil homme

continue de marcher, et on dirait qu'il est tout seul, absolument tout seul. Il arrive jusqu'aux dernières maisons du village, mais il ne s'arrête pas. Il est si vieux que ses mains tremblent, et sa tête aussi tremble un peu. Mais il regarde droit devant lui, tranquille, et il ne s'arrête pas, même quand il arrive au début de la plage, il se faufile entre les barques tirées au sec, avec son pas chancelant, comme si à chaque instant il allait tomber, mais il ne tombe pas. Derrière lui, tous les autres, quelques mètres derrière, mais toujours là. Des centaines et des centaines de personnes. Le vieil homme marche sur le sable, et il a encore plus de mal, mais ça n'a pas d'importance, il ne veut pas s'arrêter et, puisqu'il ne s'arrête pas, il finit par arriver devant la mer. La mer. Les gens cessent de chanter, ils s'arrêtent à quelques pas du rivage. Maintenant, il a presque l'air encore plus seul, le vieil homme, et il met un pied devant l'autre, lentement, comme ça, et il entre dans la mer, tout seul, il va dans la mer. Quelques pas, jusqu'à ce que l'eau lui arrive aux genoux. Son vêtement, trempé, s'est collé autour de ces jambes toutes maigres, rien que la peau et les os. La vague avance puis repart en arrière, et il est si mince, lui, que tu croirais qu'elle va l'emporter. Mais non, il reste là, comme planté dans l'eau, les yeux fixés devant lui. Les yeux droit dans ceux de la mer. Silence. Plus rien ne bouge, aux alentours. Les gens retiennent leur souffle. Un sortilège.
Alors
le vieil homme
baisse les yeux,

plonge
une main
dans l'eau
et
lentement
dessine
le signe
d'une croix.
Lentement. *Il bénit la mer.*
Et c'est quelque chose de gigantesque, il faut que
vous essayiez d'imaginer ça, un vieil homme faible,
un geste de rien, et tout à coup la mer immense
parcourue d'une secousse, la mer tout entière,
jusqu'à son horizon ultime, elle tremble, elle bouge,
elle fond, et dans ses veines se diffuse le miel d'une
bénédiction qui ensorcelle chacune de ses vagues,
et tous les bateaux du monde entier, les tempêtes,
les abysses les plus profonds, les eaux les plus sombres, les hommes et les animaux, ceux qui sont en
train d'y mourir, ceux qui ont peur, ceux qui à ce
moment-là la regardent, envoûtés, terrorisés, bou-
leversés, heureux, marqués, quand tout à coup elle
penche sa tête, l'espace d'un instant, la mer
immense, et n'est plus énigme, n'est plus ennemie,
n'est plus silence mais fraternelle, refuge paisible,
spectacle pour des hommes sauvés. La main d'un
vieil homme. Un signe, sur l'eau. Tu regardes la mer,
et elle ne te fait plus peur. C'est fini.
 Silence.
 Quelle histoire..., pensa Dood. Dira se tourna
pour regarder la mer. Quelle histoire. La petite fille

271

très jolie renifla. Mais est-ce qu'elle est vraie ? pensa
Ditz.
L'homme restait assis, sur le sable, et se taisait. Dol
le regarda dans les yeux.
– Mais c'est une histoire vraie ?
– Elle l'était.
– Et elle ne l'est plus ?
– Non.
– Pourquoi ?
– Parce qu'on n'y arrive plus, à bénir la mer.
– Mais ce vieil homme-là, il pouvait.
– Ce vieil homme était un vieil homme, et il avait
en lui quelque chose qui à présent n'existe plus.
– La magie ?
– Quelque chose comme ça. Une très belle magie.
– Et où elle est maintenant ?
– Disparue.
Ils n'arrivaient pas y croire, qu'elle ait vraiment pu
disparaître dans le néant.
– Tu le jures ?
– Je le jure.
Elle avait vraiment disparu.
L'homme se leva. De loin, on voyait la pension
Almayer, presque transparente, dans cette lumière
lavée par le vent du nord. Le soleil semblait s'être
arrêté dans la moitié la plus claire du ciel. Et Dira
demanda :
– Toi, tu es venu ici pour bénir la mer, n'est-ce pas ?
L'homme la regarda, fit quelques pas, revint près
d'elle, se pencha et lui sourit.
– Non.
– Alors, qu'est-ce que tu faisais dans cette chambre ?

– Si on ne peut plus la bénir, la mer, peut-être qu'on peut encore la *dire*.

Dire la mer. Dire la mer. *Dire la mer.* Pour que tout ne soit pas perdu, de ce qu'il y avait dans le geste de ce vieil homme, et parce qu'un petit bout de cette magie-là se promène peut-être encore à travers le temps, et quelque chose pourrait le retrouver, l'arrêter avant qu'il ne disparaisse à jamais. Dire la mer. Parce que c'est tout ce qu'il nous reste. Parce que devant elle, nous sans croix ni vieil homme ni magie, il nous faut bien avoir une arme, quelque chose, pour ne pas mourir dans le silence et c'est tout.

– *Dire* la mer ?

– Oui.

– Et tu es resté là-dedans pendant tout ce temps pour dire la mer ?

– Oui.

– Mais à qui ?

– Peu importe à qui. L'important, c'est d'essayer de la dire. Il y aura bien quelqu'un qui écoute.

Ils se l'étaient bien dit, qu'il était un peu bizarre. Mais pas de cette manière-là. D'une manière plus simple.

– Et il faut toutes ces feuilles pour la dire ?

Dood se l'était porté tout seul, le grand sac rempli de feuilles de papier, dans la descente des escaliers. Ça lui était resté en travers, d'ailleurs.

– En fait, non. Celui qui en serait vraiment capable, il aurait besoin juste de quelques mots… Peut-être qu'il commencerait avec beaucoup de pages, mais ensuite, petit à petit, il trouverait les mots justes,

273

ceux qui, en une seule fois, disent tous les autres, et de mille pages il arriverait à cent, puis à dix, puis il les laisserait là, en attente, jusqu'à ce que les mots en trop s'en aillent des pages, et alors il suffirait de ramasser ceux qui restent, et de les resserrer en quelques mots, dix, cinq, si peu qu'à force de les regarder de près, et de les écouter, pour finir il ne t'en reste plus qu'un seul dans la main, un seul. Et si tu le dis, tu dis la mer.

– Un seul ?

– Oui.

– Et lequel ?

– Va savoir…

– Un mot n'importe lequel ?

– Un mot.

– Même un mot comme *carotte* ?

– Oui. Ou bien *hélas* ou bien *et cetera,* on ne peut pas savoir, tant qu'on ne l'a pas trouvé.

Il parlait tout en regardant autour de lui dans le sable, l'homme de la septième chambre. Il cherchait une pierre.

– Mais, excuse-moi, dit Dood.

– Oui.

– On ne peut pas prendre le mot *mer* ?

– Non, on ne peut pas prendre le mot *mer.*

Il s'était levé. Il l'avait trouvée, sa pierre.

– Alors c'est impossible. C'est une chose impossible.

– Va savoir ce qui est impossible.

Il s'approcha du bord et la lança loin, dans l'eau. C'était une pierre ronde.

– Plouf, dit Dol, qui s'y connaissait.

Mais la pierre commença à ricocher, à ras de l'eau, une fois, deux fois, trois fois, elle ne s'arrêtait plus, elle ricochait que c'en était un plaisir, de plus en plus loin, elle s'en allait vers le large, comme si on l'avait libérée. On aurait dit qu'elle ne voulait plus s'arrêter. Et elle ne s'arrêta plus.

L'homme quitta la pension le lendemain matin. Il y avait un ciel étrange, de ceux qui courent vite, pressés d'être à la maison. Le vent du nord soufflait, fort, mais sans faire de bruit. L'homme aimait bien marcher. Il prit sa valise et son sac rempli de papiers, et il prit la route qui s'en allait, longeant la mer. Il marchait vite, sans se retourner. Il ne la vit donc pas, la pension Almayer, se détacher du sol et se désagréger, légère, partir en mille morceaux, qui étaient comme des voiles et qui montaient dans l'air, descendaient, remontaient, *volaient,* et avec eux emportaient tout, loin, et aussi cette terre, et cette mer, et les mots et les histoires, tout, dieu sait où, personne ne sait, un jour peut-être quelqu'un sera tellement fatigué qu'il le découvrira.

FIN

« LES GRANDES TRADUCTIONS »
(dernières parutions)

ALESSANDRO BARICCO
Châteaux de la colère,
(Prix Médicis Étranger, 1995)
Soie
traduits de l'italien par Françoise Brun

JANE URQUHART
La Foudre et le Sable
traduit de l'anglais (Canada) par Anne Rabinovitch

GIUSEPPE PONTIGGIA
Vie des hommes non illustres
traduit de l'italien par François Bouchard

ELIAS CANETTI
Le Collier de mouches
Notes de Hampstead
traduits de l'allemand par Walter Weideli

EDGAR HILSENRATH
Le Retour au pays de Jossel Wassermann
traduit de l'allemand par Christian Richard

VICTOR EROFEEV
Le Jugement dernier
traduit du russe par Wladimir Berelovitch
Les Fleurs du mal russe
(Anthologie de la nouvelle littérature russe)

GUIDO CERONETTI
Un voyage en Italie
traduit de l'italien par André Maugé

*La composition de cet ouvrage
a été réalisée par
I.G.S. - Charente Photogravure à L'Isle-d'Espagnac
l'impression et le brochage ont été effectués
sur presse Cameron dans les ateliers de*
Bussière Camedan Imprimeries
*à Saint-Amand-Montrond (Cher),
pour le compte des Éditions Albin Michel.*

Achevé d'imprimer en janvier 1998.
N° d'édition : 17325. N° d'impression : 98708/4.
Dépôt légal : janvier 1998.